ちくま文庫

娘の学校

なだいなだ

JN089971

筑摩書房

目次

娘の学校

校長訓示

世界は大きな学校であり、
東大などというちっぽけな学校とは、
くらべものにならぬ
大きさの学校である。

四人の娘どもよ、わたしは、これから、お前たちの校長を勝手に名乗ることにする。お前たちは生まれた時に、この学校に入学した。世界という大きな学校である。わたしは校長のつもりであるが、お前たちは、いじわるな上級生ぐらいにしか思っておらぬであろう。しかし、そんなことは、どうでもいい。

デカルトは、『方法序説』という本の中でこういっている。

……世界という大きな本……旅をすること、冒険的航海や遠征の軍を見ること、異なった風俗や条件の中で生きる人々をたずねること、いろいろな経験をつむこと、運命に身をゆだね、自分自身を試練にかけること……。

そう、わたしは、彼のいうこの世界という大きな本を、同時に教室であるとも考えたのだ。そしてお前たちを教えようと思ったのである。

この学校では、いいことも、悪いことも教えられるであろう。校長としてのわたしは、特別悪いことを教えようと思っていないが、生徒はけしからんことに、先生の教えないことを学んでしまうものだからである。だから、悪い生徒が出来ても、全部が校長の責任ではない。

三女の千夏は、今、六歳であるが、はじめて学校に行った日、帰って来ると、「今日、学校で何を習って来た」とたずねたわたしにいったものである。

「おい、お前さん、今、何てったの」

れっきとした父親をつかまえて、目玉をぐりっとまるくして、そういったのだ。

「こら、何だ、父親をつかまえて、お前さんとは」

わたしは叱った。

「お前さんじゃ気にいらないか。じゃ、おとっつぁん」

何たることであろう。学校で最初におぼえたのが、こんなわるふざけだとは。

だが、千夏は、先生からこんなことを教わったのではない。いたずらっ子の同級生から教わったのである。先生に責任はない。わたしは、世の教育ママたちのように、「学校は、いったい何を教えてるんでしょう」などと、学校を責めたりしない。学校とは、そういうところでもあると思っているからである。わたし自身、小さい時、手

におえぬいたずらをして、両親に、

「いったい、学校で何を教わってるのだ」

と何度も叱られたものだ。そのたびに、わたしは、先生や学校を弁護したい気持になった。

わざわざ月謝を払って行かせる学校ですら、こうなのだ。この月謝も不要な学校で、子供たちが、勝手につまらぬことをおぼえても、校長としては、責任をとるつもりはない。

そもそも、子供の行動の責任を、学校にばかり押しつけるところが、日本には多すぎる。しばらく前のことであったが、東大生と慶大生が金庫ドロボーをしてつかまった。すると、新聞には、「大学教育に欠陥がある」という談話が、いくつものった。やれやれ困ったものだ。

大学は、物をとるな、人を殺すな、などということを教えるところではない。そもそも、大学まで行かねば、物をとるな、人を殺すな、ということが、わからないようでも困るではないか。そういうことは、学校で習うことではない。それらは、社会の掟であり、社会が教えこんで行かねばならぬものだ。家庭でのしつけも大切だが、それだけでも足りぬ。

末っ子の美樹は、まだ二歳にならない。この末娘が、ある日、突然に、理由もなく、何もしておらぬわたしを、ものさしで、ポカポカとなぐりはじめた。いったい、何事であろうか、と思ったが、それは、あのテレビという、いまいましいものの影響なのであった。

エンタープライズ号の佐世保寄港で、三派系全学連と、警察機動隊とが衝突した。毎日、ニュースのたびごとに、その光景がうつし出された。わたしは、その時、ある週刊誌にたのまれて、佐世保に取材に行っていた。わたしの姿が、やじ馬の間にまじって、テレビ画面に現われはしないか、という期待もあって、留守の家人たちは、ニュースというニュースの時間にテレビをつけたのだった。その結果、美樹は、警棒を持って、やたらめったらに、相手かまわずポカポカとなぐる警官を、まねするようになった。もちろん、美樹は、三派系の全学連もまねた。部屋中を、ワッショイ、ワッショイと叫んで、ジグザグに走りまわり、素手で、突然、わたしにぶつかって来たりする。

困ったことである。これで、家庭のしつけが悪いなどといわれるのでは、やりきれぬ。上の三人の娘たちも、テレビを見ていた。家人の報告によると、十歳、八歳、六歳

の上の三人の娘は、テレビの前で、

「学生、ガンバレ、おまわりさん負けろ」と三派系の学生の応援団になったらしい。しかし、決して、わが家では、偏向教育などしていないのである。何か、子供に悪い点があると、すぐ学校や先生や家庭の責任を問題にすることが、いかに無意味か、これでわかったであろう。

わたしが校長であるこの娘の学校を、お前たち娘たちが卒業することは、ないだろう。そして、わたしは永遠の生徒たちの行為について、すべての責任を持つことなど、とうてい出来ないのである。

その点では、子供がウソつきになっても、学校の責任のような顔をしないようにお願いする。総理大臣が、「小骨一本抜かせません」などといって、小骨どころか魚まですてていて、小学生のウソが、どうしてとがめられよう。ウソを平気でいい、汚職を平気でする政治家が、「テレビの俗悪番組が、青少年に悪影響を与えている」などと叱るのは、どう考えても、無責任である。

わたしは、今、校長として、仕方なく訓示をたれているのであるが、お前たち生徒が、そろそろ飽きはじめているのがわかる。それに、本当は訓示をたれるなど、がらにもないことなのだ。だから、そろそろ訓示はおしまいにするが、その前に一つだけ、話しておくことにする。

それは、ヒゲのことである。


わたしは、しばらく前から、ヒゲをのばした。お前たちは、わたしがこう書いても、別に不思議に思わぬであろう。しかし、わたしは校長として、教えねばならぬ。それは、この「ヒゲをのばす」という日本語的表現のあいまいさについてである。お前たちの知っているフランス語では、同じ場合に、「レッセ・プッセ」つまり、「のびるにまかせた」という。こちらの方が論理的である。のばそうと思っても、本当は、自分の自由にならない。自由に出来ることは、剃ることの方である。少し文法の話になって悪いが、日本語の表現「ヒゲをのばす」では「のばす」は他動詞であり、ヒゲは目的補語、主語はわたしである。かくして、ヒゲは、主語の意のままになるものと考えられがちだが、そんなことはない。

わたしは、顔をヒゲつきのものとしてからというもの、会う人々に、

「いったい、どうして、どんな理由で、ヒゲをおのばしになったのですか」

という質問を浴びせられて困惑した。正直にいうと、夏休みの間、ちょっと不精をして、ヒゲを剃らなかったのだ。すると、ヒゲをのびるにまかせたら、自分の顔は、どんなに見えるであろうか、という興味が湧いた。

これは、人間の生まれながらにして持つ、変装本能というもののなせるわざであろう。誰でも、もし変化出来るのなら、姿を変えてみたい気持を持っている。床屋や美容院が、人間の社会で繁盛するのは、その本能に支えられているためである。この変装という行為は、人間の歴史の中でも、小説や物語の主題となって、手を変え、品を変えて繰返されて来た。童話や伝説を読むと、魔女によって動物に変えられた話が、何と多いか、驚くことだろう。そこには、変りたいという願いと、変ることに対する不安が、いりまじってある。推理小説の中でも、名探偵や名ドロボー（名ドロボーというのは、ちょっと変だが）は、この変装の術を、飽きもせず使っている。この飽きもせず、という点が、大切だ。

さて、出発点はそうだったが、それから、いろいろな要素が加わった。お前たち娘どもは、ヒゲがのびて、変な顔になったわたしを見て、

「パパ、ヒゲ剃らないでえ」

というようになった。

かくして、わたしには、ヒゲを剃る自由が、なくなったのである。実のところは、そうなのであった。だが、人々は、かくさずに、本当の理由をいえとせまった。それゆえ、わたしは、それらの質問者を納得させるために、もっともらしい理由を、あれこれ考え出さねばならなかった。これは、大変に難しいことである。

驚くほど勘のいい人がいて、

「わかっていますよ。あなたが、なぜ、ヒゲをのばしたんだか。ズバリ、当ててあげましょうか」

といわれたことがある。そして、意味ありげに、ニヤニヤ、あるいは、エヘラエヘラ笑うのであった。それは、わたしを気味悪くさせた。本人が、まだ考えついていない理由を、他人があててしまうなんて、タイムマシンで、未来と過去を自由に行き来する人間でなければ、出来る筈がない。

それらの人々は、何か願いごとがあるにちがいないことにしたし、また、わたしの細君、つまり、お前たち娘どもの母親の、要求によるものだと想像した。たしかに、フランスには、接吻する男にヒゲなきは、チーズなき食事のごとし。

という格言がある。だが、正直に告白するが、わたしの鼻の下の毛は濃く、しかも、どういうことか、あらゆる方向に無統制にのびること、まさに、戦後の日本社会の縮図のごとくであった。しかも、けしからぬことに、その中のあるものは、重力の法則に従うこともせず、なんと上向きにのびていた。そして、手で、くしで、なでようと、なでつけようと、手や、くしが離れるとたんに、ピンともとにもどるのであった。それ故、顔を寄せ、近づくと、それらの反逆者たちは、相手の鼻のあなの中に侵入して、くしゃみをよびおこすのである。かくして、わたしの細君は、嘆息して、

「これは、チーズなき食事でなくて、コショウを入れすぎた食事のごとしだわ」

と、祖国の祖先たちの作った格言を訂正しなければならなかった。

そのようなわけで、わたしは、いろいろ、考えられる理由を探した。

「最近、女性は、なんでも、男をまねするようになりましたのでねえ。ズボンをはく。髪は短くする。仕事の面でも、男のやれることを何でもやるようになる。酔っぱらって、くだをまいたり、たんかをきったりするところまで、男そっくりの女性が、現わ

れるようになりました。

そこでです。くやしくても、どうしても、女にまねの出来ぬことは、何だろうか、とわたしは考えたのです。それが、このヒゲです。くやしくったって、これを女性がまねることは出来んでしょう。どうです。やれますか」

わたしは、そういって胸をはったこともあった。

長女の由希は、わたしと猫の顔を見くらべて、

「パパ。パパのヒゲは、猫のヒゲみたいに、横にのびるのねえ」

と、いささか侮蔑的にのべたことがあったが、その時も平然としていることが出来た。

「馬鹿。くやしかったら、どんなヒゲでもいい、のばしてみろ」

わたしは、そういってすましていた。わが家の女族どもは、くやしかったらしい。

「そもそも、男って、ヒゲなんか生えるなんて、ネコなみねえ」

などと、反撃の姿勢を示したが、それは負けおしみを出ぬことがわかっていたので、泰然自若、ニタリとするだけであった。

しかし、その理由を聞くと、日本語の感覚に鈍い人に、

「そうですか、すると、そのヒゲは、男性の象徴というわけですね」

と、いくどかいわれた。その答の中の、「男性の象徴」という言葉が、敏感なわたしの耳には、ひっかかった。男性の象徴とは別の物を意味することが多いからである。そこで、その不快な言葉を耳にしないために、別の理由を探し出した。

「いやあ、これはですね。悪いことをして、逃げる時に、便利なためですよ。よく、悪事のあと、逃げる時に、ヒゲをのばし、黒眼鏡をかける男がいますね。あれは愚行というものです。ヒゲは一日でのびるわけじゃなし、それに、ヒゲのない人相書きをくばられても、その上に、ヒゲを筆で書きくわえることは、いとも簡単です。ところがですよ。ふだん、ヒゲ面を見せていれば、ヒゲを剃りおとすことで、一瞬にして、変装出来る。それに、ヒゲつきの手配写真がまわって来ても、消しゴムで、そのヒゲを消してみる、というのは、大変なことです。どうです」

それが、わたしの見つけ出した別の理由であった。これは、なかなか、出色の議論であり、この理由を見つけたことで、少なからず満足した。それゆえ、わたしは何人もの人に、同じ説明をくりかえした。

だが、そのうち、わたしのまわりには、あらぬ噂が立ちはじめたのである。

「あいつは、最近、何か、よからぬことをたくらんでおるそうな」

そのため、自分では大変気に入った、この説明も、断念しなければならなくなった。

かくして、わたしは、また新しい理由を見つけているところである。

このことから、わかるであろうが、あまり、なぜに、なぜに、と他人を問いつめてはならない。

内田百閒という、じじい様は、芸術院会員に推薦されて、それをことわったが、うるさく、なぜですか、どうしてですか、と問いつめられて、

「いやだから、いやなんだ」

と答えて有名になった。こうしたことは、校長として、生徒におぼえておいてもらいたいものだ。

この、「いやだから、いやだ」という説明は、理由を説明するものでなく、英語で、ウィメンズ・リーズン（女性の理由）とよばれるものだそうで、お前たち娘には、実は縁の深そうなことである。

ヒゲの話をはじめたら、思わぬ長話となった。だが、語りついでだ。もう少し、ガマンしてもらう。

わたしが、ヒゲをはやしたのは、本当は理由とて見つからぬような、ちょっとしたきっかけからなのであった。

のびはじめの頃、わたしのヒゲは、ジャングルのゲリラ戦で死んだ、ゲバラのそれに似ているように見えた。それで、ゲリラにでもなるつもりか、といわれたことも何回かある。「考えてみると、自分が文学の中で今やっていることは、ゲリラのようなものではないか」、わたしは、ヒゲをなでながら思ってみた。おれは、文学ジャングルの狙撃兵か。そして苦笑した。

しかし、ヒゲはさらにのびて、あごの下の部分が三角につき出して来て、レーニンのヒゲに似て来た。それを見ると、もし、このヒゲにふさわしい人間になるためには、これから、ジャングルの狙撃兵を脱して、日本文学に、革命を起さねばならぬ、と思うようになった。かくして、このヒゲは、偶然にも、ゲリラと革命のちがいを、教えてくれたのであった。

わたしが、ヒゲをのばしたという話が、友人であり、先輩である、北杜夫の耳に入った時、それを耳にいれたのは、森禮子という女流小説家であったが――彼女がどんな報告の仕方をしたのかわからん――、彼は、

「なに、なだ　いなだの奴が、ヒゲを、ケシカラン、ケシカラン」

と叫んだ。

「それも、かなり濃くて、リッパよ」

森禮子は、さらに挑撥的にそういったらしい。

「なに、ますます、ケシカラン、ケシカランことであるぞお」

彼は、そういって、唇をかむつもりであったが、間違って舌をかんだ。

平常であれば、そのようなことは起り得なかったであろう。だが、北杜夫は、その時、彼の生涯で何回目かの「おれは躁病であるぞ」の時期にあった。そしてこの時期には頭の回転が猛烈な速さになり、舌が追いつかなくなるのであった。彼は、間もなくわたしの家に姿を現わし、あのケシカランとつぶやいてかんだ舌を見せた。

「おい、お前のおかげで舌をかんだぞ。この傷は、ガンにならんであろうか」

そういって、アーンと大きな口をあいた。お前たち娘どもは、その場にいたから、この日本で超一流にして世界の一・五流と自称する大作家の、ムシ歯の数から、のどちんこの曲りぐあいまで、残らず見てしまった。由希には、それが、忘れがたい印象となったらしく、

「パパ、きたもりおさんの、のどの奥には、？マークがあったね」

彼の立ち去ったあとで、わたしにそっとささやいたのである。

それから、十数日たって、北杜夫は、長女と次女、由希と美都の二人を貸せ、マンボウ・トリオを結成する、とテレビスタジオまで連れて行った。「明日をつくる人」という、彼の自作、自演の番組であった。

二人の娘どもが、フランスの民謡を歌う。そのあとで、彼は、昔、ビング・クロスビーが口ずさんだ、何とかいう歌の一部分、ルウラルウラルウラルウーというところだけを、のどぼとけのところの皮を二本の指でひっぱって、歌うことになっていた。

「おれは、あとも、さきも、知らん。知っているのは、ここのところだけだ。だが、ここのところだけは誰にも真似られんほど、素晴らしいだろう」

素晴らしいから真似られぬのか否かは別として、ともかく誰にも真似られぬものであった。

彼は、わたしのところでも練習を五回ほどした。そして、口で自慢するほどには、自信がないのか、本番まで、何度も何度も練習して、遂に練習しすぎで本番では声が出なくなってしまった。

わたしは、その番組を見たが、彼の歌うところは、魚がかぜをひいたかのごとき印象をあたえた。だが、彼の名誉のためにいうが、あの、ルウラルウラルウラルウーを、練習の時には、あの数倍も上手に歌えたのである。

話が横道にそれてしまった。そう。ヒゲの話をしていたのだった。彼は、このテレビはどんなことがあっても見なくてはならぬ、といった。それで、わたしがテレビを見ていると、彼は、何種類ものつけヒゲをつけて画面に現われた。その中の一つは、仙人のヒゲのごとく、長かった。口惜しいかな、わたしのヒゲが、そこまでのびるには、十年以上はかかるであろうと思われるほどであった。それを見て、わたしもまた、

「ケシカラヌ、ケシカラヌ」

と舌をかまぬよう、注意をしてであったが、つぶやいたのである。

娘の学校の校長は、かくして、今でも、あまり立派といえぬヒゲをはやしている。そのうち、急に、きれいさっぱりと落すかも知れぬ。それは、たやすい。

数日前、三女の千夏は、学校から帰って来るなり、わたしにいった。

「パパ、ヒゲ剃ってよ」

どうしてか聞くと、学校のともだちが、

「あの、自動車の中にいた、ヒゲの化け物みたいなやつが、お前のパパか」

といったのだそうである。千夏には、父親がヒゲの化け物といわれたことが、大分、

こたえたらしかった。

さて、剃り落すのは、いともやさしい。だが、千夏にいわれても、まだ、その気持にならない。つい最近、ある新聞の写真部員が来て、新聞の談話の時などに使用する顔写真を撮って行ったからだ。そのカメラマンに、いわれた。

「たかが、ヒゲと思いなさんな。わたしたちゃ、こいつに泣かされてんですから。新聞社の資料室に行ってごらんなさい。ヒゲを落したら、《一九××年、注意、これ以降ヒゲなし》なんて、紙がぶらさがるんだから。そこで、間違った写真を出そうもんなら、デスクに、しぼられる」

本当かどうかわからぬ。心やさしいわたしには、自分のちょっとしたうつり気から、この世の中の善良な人間が、こごとをいわれるようなことがあると、心苦しい。

当分、ヒゲをそのままにしなければならないと感じるのは、現在ではそのためだ。

つい、この間も、自動車の一斉検問にひっかかって、長い間、あれやこれや、質問された。わたしだけ、どうして、こうしつっこく聞かれるのか不思議に思っていると、そのうちおまわりさんは、急にニコッとして、

「ああ、おヒゲをのばされたんですな」

といった。

しばらくの間、わたしは他人の免許証を不正に使用しているのではないか、と疑われたのだった。免許証にはった写真のためである。

その時、カメラマン氏の、たかがヒゲと思いなさんな、という言葉を、なるほどと思い出したのであった。

変な訓示となったが、校長の訓示は、このあたりで、終ることにしよう。

お前たち生徒は、この校長が、校長らしくもない馬鹿らしい話ばかりする、そして世の中を馬鹿らしくしか見ないと思うかも知れない。もう少し、マジメになれ、といいたいかも知れぬ。

そうであったら、お前たちに、次のショーペンハウエルの言葉を読んでみろとすすめる。それで、この校長訓示は終りだ。

世界は、思索する人たちにとっては一つの喜劇であるが、感情にかられる人たちにとっては、一つの悲劇である。

調子はずれ音楽教室

音楽が狆《ちん》に吠えつかれたら
悪いのは狆の方だ。

さて、これから、お前たちに、音楽について語ろうと思う。笑ってはいけない。本気なのである。自慢ではないが、わが、なだ一家は、父親のわたしからして、歌を歌わせれば、調子はずれである。それも、とてつもないはずれ方だ。お前たち娘どもが、歌を歌っている。ちょっと気になるところがある。それで、

「こら、そこはそうではない。ラーララ、ララリィーだ」

と、黙っておれなくなって、なおそうとする。すると、

「だめねえ。あんたがなおすと、もっとひどくなるわよ。そこは、ラーララ、ララリイーよ」

かたわらで、お前たちの母親が、顔をしかめ、ためいきをつきながら、口を出す。

「そうかしら、あれ、ちょっとおかしいわ、ママ。ラーララ、ララリィーではないの」

お前らが、答える。それが、どうも最初のより、もっとはずれている。わが家のものどもは、調子をはずさずに歌えないらしい。だが、他人の調子はずれに気がつく耳

は持っている。それが、わずかな救いだ。

たしかに、わたしは調子はずれだった。小学校時代、他の学課の成績はおしなべてよかったが、唱歌と図画の成績だけ悪かった。だが、先生は、いちどきに両方に悪い点をつけると、敏感でデリケートな心の持主の（本当である）わたしが悲観のあまり自殺でもしてはいけないと思ったのか、一学期ごとに、図画がよい時には唱歌を悪く、唱歌がよい時には図画が悪いように、交互に悪い点をつけてくれた。だから、シーソーのように、一つが上れば、他方は必ずさがり、双方が一時によくなることはなかった。そのことを、いまさらごまかす気持は毛頭ない。

中学に行くと、音楽の先生としては、いい先生にめぐりあった。今、NHKなどで、ときどき合唱の指導をしている栗本正が、中学校の先生であった。だが、先生はよくとも、時代が悪かった。戦争中で、先生は軍歌しか教えてくれなかった。あのヘラヘラッとしたハイ・バスのオペラ的な歌いかたで、軍歌を教えられても、あまりパッとしなかった。それで、わたしたちは、歌よりも、若くてハンサムだった先生のプライバシーの方ばかりに興味を持った。そのため、音楽の成績は、ここでも悪かった。先生は、軍歌しか教えられぬ時代に不満であったのか、自分のランデヴーを、スパイもどきに監視しようとする生徒（これは、今俳優の小沢昭一が主犯であった）に不満で

あったのか、よくカンシャクを起した。ピアノのキイを、両手でいちどきにジャーンと叩くと、

「バカ、ちがうぞ、そこは、アーアアーとあがるんだ」

立ちあがって、わたしたち一同を見すえるとどなりつけるのであった。

中学二年から、軍隊の学校である幼年学校に行くようになった。そして、そこで、軍歌をオペラ的に、いささかでも音楽的に、アイーダの行進曲のように歌わせたいと願い、時代に対する芸術家的抵抗をしめした栗本先生とはちがって、軍歌を軍歌的に歌うことを習った。そこでは、決して調子はずれはとがめられなかった。あらんかぎりの大声を張りあげるだけで、はずれていようがいまいが、

「ようし、元気があってよろしい」

といわれた。

現在、テレビに「ちびっこのどじまん」という番組があるが、そこでは、最大のほめ言葉が「元気があってよろしい」である。わたしは、その言葉を耳にすると、何となく、生涯の中で、もっとも非音楽的音楽に接した時代を思い出し、苦い気持になる。

わたしは幼年学校で、自分の調子はずれを、いよいよひどいものとし、さらにあまりに大声をはりあげたために声をつぶした。一時は、ニワトリのように、首をのばさ

なければ、声も出ないありさまであった。それ以前は、調子はずれではあっても、まれに見るほどの流麗な声質の持主であったのである。信じよ。お前たちは、信じて、何も失うものはない。

しかし、わたしが唱歌が下手であったからといって、お前たちに音楽について語ることを笑う必要はない。唱歌が下手でも、音楽もだめだと思うのは気がはやすぎる。それは、わたしの声帯のハリのぐあいがよくないだけのことだ。声帯は体にくっついた楽器にすぎぬ。いかにリストのごときピアノの名手であっても、こわれたピアノで、何が出来よう。ピアノなら、よいものととりかえがきくが、声帯はそれが出来ぬ。それだけのことだ。

さて、長い前おきになったが、それでは、いよいよ、これから音楽について語ろう。そして、お前たちは、歌わせれば耳をふさぎたいほど調子がはずれているものの語ることが、それほど調子はずれでないことがわかるであろう。

お前たち娘ども四人は、十歳の由希から、未だ二歳にならぬ美樹にいたるまで、まったく熱狂的な、モンキーズファンである。美樹など、未だオシメもとれないくせに、なまいきにも、モンキーズとビートルズの区別が出来る。こんな区別が出来るほど頭が働くのなら、おしっこを便所でやれるように頭を働かせればいいのだ。これが、本当のサル知恵というものであろう。

美樹のおしっこの問題だが、お手伝いは、オシメの洗濯を自分がしないでもすむように、少しあせりすぎている。テレビの途中でも、ママゴトの中途でも「さあ、シーシーしましょう」と無理に連れて行くものだから、レジスタンスで、便所でおしっこをしないと頑張るのだ。

最近、美樹は少しばかり数を数えるようになった。ところが、

「イチ、ニ、サン」

まではよいのだが、サンの次に、どうしてもゴという。

「イチ、ニ、サン、ゴじゃなくて、イチ、ニ、サン、シでしょう」

親たちも、姉たちも、ちゃんといわせようとする。しかし、美樹は何としても、シとはいわないのである。

「イチ、ニ、サン、ゴ、これでもいいよねえ」

横目を使って、同意を得ようとする。どうもおかしいと思って理由を調べたら、イチ、ニ、サン、シーのシーで、シーなどと口にしたら、そのとたん、お手伝いに便所

にむりやり連れていかれるのを恐れているのであった。ほんとである。

この美樹までが、モンキーズのレコードをかけろと要求する。

「ポンキーズ、ポンキーズ、かけてよねえ」と。

ポンキーズはモンキーズのことである。モンキーズは猿で、ポンキーズは狸のことだろうと間違えてはならぬ。美樹は、自分の名前もピキと発音する。マミムメモがパピプペポになってしまうのだ。それまで、パ行とマ行がこんなにも近いことに気付かずにいたが、鼻をつまんでマミムメモといおうとすれば、パピプペポになる。手品でも何でもないのだ。

このちっぽけな美樹などには、とうていモンキーズも、ビートルズも区別出来まいと思って、

「よしよし、モンキーズか」

といってビートルズのレコードをかけてやると、こしゃくにも、お前は首をふる。

ともかく、お前たち四人の娘は例外なく、モンキーズのファンなのである。なぜ、お前たちは、モンキーズが好きなるか、と問うに、お前たちは、

「だって、カッコイイモン」

と答える。音楽とカッコヨサを混同するとは、なげかわしい。

現在のところは仕方がないにしても、将来のために、わたしはここで、ビートルズのよさについて語っておこう。わたしのごとき年齢のものが、彼らの素晴らしさについて語ると、今でも顔をしかめるものがある。しかし、わたしは、彼らが、二十世紀後半の生んだ、音楽的天才だと認めるのをはばからない。彼らは、新しい音、しかも二十世紀的な音を創造したのだった。

わたしとお前たちとは、ビートルズかモンキーズかで、夜ごと夜ごと、大変な論争をした。もちろん、一台しかないステレオに、どちらのレコードをかけるか、その権利をかけての権力闘争の姿を変えたものであった。お前たちのママは当然、わたしにつく。しかし、お前たちは何しろ四人だ。こういう時になると、なんでまあ、四人も子供を作ってしまったものかと悔いる。ともかく、数の上では、お前たちが優勢であった。今でも、優勢である。しかし、それは家の中でだけのことだ。由希たちは学校に行く。そこにも、モンキーズファンがいる。またそれがウジャウジャといる。ところが、そこに行くとお前たちはいいだすのである。

「モンキーズもいいけど、ビートルズも、悪かないわよ」

ちゃんと、わかっているのである。子供ってものは、そういうものであるからだ。

親が目の前にいる限り、お前たち子供は、照れくさくって、反対せずにいられない。
ここにビートルズの歌っている、「彼女は家を出て行く」という歌がある。

水曜日の朝、五時、一日が始まろうとしている時
しずかに寝室のドアをしめ
小さな置き手紙をのこし
手紙に書かれたもの以上のことを読みとってもらいたいと願いながら
彼女は階下の台所に行き
ハンケチをにぎりしめ
しずかに裏口のかぎをまわし
外に出た　彼女は自由になった

そこで歌は二つの言葉にわかれる。上は彼女の、そして下は両親たちの気持を表わしている。

彼女は　（彼女のために、私たちは自分たちの一生の大部分をあげたのに）

家を
出て行く（自分たちの一生の大部分をギセイにしたのに）
（お金で買えるものは、何でも彼女にあげたのに）
彼女は家を出て行く　ながいながい間
ひとりぼっちで生きてきたあとで
バイバイ

ああ、何という歌だ。そこらの愛だ、好きだとわめきたてるだけのサルマネの甘っちょろい歌と何とちがうか。ここに、その歌の全部を訳せないのが残念だ。だが、そのすじを少し書き続けると、娘は家出をする。可愛がってくれた、何でも買ってくれた両親の家をとび出す。しかし、その両親の家で、彼女は、たった一人だった。そして、家を出て、自動車のセールズマンとランデヴーをする。くだらんことだ。それはたわむれだ。しかし、たわむれこそ、お金で買えないものなのだ。

これは、そんな歌である。日常的な言葉のつらなりの中に、親の孤独と、子供の孤独を、これほどしみじみと感じさせる歌はない。詩としても、すぐれている。世の教育ママに聞いてもらい、ドキリとしてもらいたい。

わたしは、この歌を聞くと、何年か先に、お前たち娘の誰かが、こんな風に突然ある水曜日の朝、家をとび出して行ってしまうのではないか、と怖れに似た不安な気持を抱く。

これは、モンキーズなどにはない非凡な詩人的感覚だ。

彼らの歌には、その他に、シュルレアリズム的幻想の詩もある。「ルシイはダイヤモンドを持って空の中」という題の歌があるが、英語の題は、

Lucy in the Sky with Diamonds

である。その英語の名詞の最初の文字を連ねてみるがいい。ＬＳＤという幻覚を起させる薬の名前が浮かびあがる。おそらく、ＬＳＤをのんだ幻想の世界を歌ったものであろう。その詩の中には、

マーマレードの空

とか、

万華鏡のひとみを持った娘

だとか詩人をギクリとさせる表現がちりばめられている。たしかに、今のお前たちには、そこまで知るのは難しかろう。ビートルズは、十代の若者たちのファンにかこまれて出発した。そして、そのファンの成長とともに、彼らも成長した。いつしか、

小学生や中学生やオシメのあたったファンを他のグループに残して、彼らが大学生や大人のファンを喜ばせる歌を歌うようになっても不思議ではないのだ。

今、わたしは、税金の申告で苦しんでいる。すると、ビートルズの「税金とり」という歌が耳に入る。

ほら二十分の一　これがお前のもの
十九は　おれのもの
おれは税金とり

イエーイエーで歌っている。歌は続く。

お前が車でドライブするなら
おれは道に税金をかけてやろ
すわるなら　椅子に税を
歩くなら　足に税をかけてやろ

ああ、よくも英国の女王は彼らに勲章をやったもんだ。それに、この若者たちは頼りがいがある。勲章をもらっても、こんな歌をお返しにするくらいの気骨があるとは。どうもわたしのビートルズきちがいも、そうとうなものになって来たらしい。だが、お前たちも、将来、税金で苦しめられる時が来たら、このレコードでもかけるがいい。少しの間は頭痛もとれよう。そして、ミスター・ウイルソン、ミスター・ヒースという首相と大蔵大臣の名前を変えて歌うがいい。

何のため税金をとるのか聞いてはいかん
（ミスター・ウイルソン）
お前がもう少し余計に払おうとせぬなら
（ミスター・ヒース）

音楽について語るといいながら、ビートルズのことばかり語っているのは、やはり調子はずれだからだ、とお前たちは思うであろうか。

音楽というと、バッハ、モーツァルト、ベートーベンについてまず語らねばならぬと思うのが、おかしい。それらは、過去の大きな遺産で大切にしなければならぬものではある。しかし、それは、わたしたちの時代の創造したものではない。

あるテレビの討論会で、エレキギターを使った音楽の是非を論じたことがあった。

その時、小汀利得《おばまとしえ》という頭の固いじいさんは、

「何てったって、かってたって、バッハやベートーベンにくらべたら、あんなものは音楽じゃない。騒音だ」

とぬかした。だがこのじいさんは、ベートーベンの時代に生きていたら、ベートーベンなんか、何てったって、かってたって、騒音だ、とベートーベンがライプチッヒの牡牛どもと呼んだ、ライプチッヒ派の批評家のようにいったにちがいない。

シューマンはいった。

　音楽はうぐいすを愛の歌にさそうが、狆《ちん》にはほえつかれる
と。

シュトラビンスキーも、プロコフィエフもエリック・サティも、こんなものが音楽であるものかと口笛で野次られた、そんな時代があった。

二十世紀のはじめ、ニューオルリーンズでジャズが生まれた時、これは頽廃と不健

康が生んだ末期的な音楽だといわれた。ナチドイツでも、日本でも、スターリンのソ連でも、ジャズはひどく圧迫された。だが、ジャズは本当に末期的な音楽だっただろうか。ガーシュインの名曲は、ジャズがなくて生まれて来ただろうか。ジャズは、古典音楽が気どった大劇場の出しものにすぎなくなった時、淫売宿から生まれて、音楽を再びわれわれの魂をゆすることの出来るほど身近なものにしたのだった。ルイ・アームストロングは、十代ではピストルをふりまわして刑務所入りする不良だった。それが、トランペットとめぐりあった日から変った。彼の人生は、トランペットの響きで語られるようになった。

お前たちも、おぼえておくがいい。ものごとの創造には、神話や伝説がつきものだ。アームストロングの青年時代も伝説的だが、その他にも、いろいろと伝説的な挿話が、ジャズをめぐって残されている。

バディ・ボールデンは、ジャズの草分けの一人だが、彼はある日パレードで発狂した。演奏の代金のかわりに酒をもらって飲んでいたというから、アル中であったかも知れない。彼は、精神病院に入院したが、そこには、すでに、バディ・ボールデンと称する男が三人も入院していた。それで、何も知らぬ人には、どれが本当のボールデンか、区別がつかなくなってしまった。

こんな話もある。最初の頃のジャズメンは、ほとんど黒人か混血で、無学な彼らは、楽譜を読めるものが、ほとんどおらなかった。それが譜によらない即興の音楽を生み出させたのだ。ケパードも初期の有名なトランペット吹きだが、彼も譜を読めない。だから、他の男がメロディを吹く間、ラッパに故障があるようなふりをして、いじくり廻していた。そしてメロディを摑むと、

「やれやれ、ようやくおれのパートが廻って来たぜ」

という顔をして、そして幸運にもラッパの故障がなおったかのように吹いたのであった。

どうも、ビートルズやジャズばかり語りすぎたようだ。お前たちにいいたかったのは、人種の差別がくだらんことのように、音楽を古典《クラシック》音楽とジャズなどと差別してはならぬということだ。音楽ばかりではない。文学でも同じだ。純文学と大衆文学などといわれない差別をする心が、日本人と朝鮮人、普通の人間と被差別部落民などという差別をうむもとなのである。お前たちが見わけねばならぬのは、何が創造的であり、何がそうでないか、ということだけである。

現在、ベートーベンの音楽もモーツァルトのそれも、大劇場で、着飾った人々の前

で演奏される。そして、演奏家たちは、富裕である。だが、彼らの演奏するベートーベンもモーツァルトも、貧乏の中で死んだのであった。そのことを思い出し、あの演奏家たちの、燕尾服や長裾のキラキラした夜会服姿を見ると、わたしは何となしに、違和感を感じぬわけにはいかない。音楽はいいとしても、あの服装は、どうしても気に入らぬ。何で、燕尾服に蝶ネクタイという服装のマンネリズムを、いつまでもまもらねばならぬのであろうか。

わたしは、そこに現代のクラシック音楽の風土が、ジャズやエレキ音楽にくらべて、不毛になった証拠を見るような気がするのだ。なにしろ、革命後のソ連の音楽家たち、人民芸術家を名乗る音楽家たちまでが、あいも変らず、蝶ネクタイに燕尾服すがたで舞台に現われる。どうして、普通の背広でいけないのか。トックリ首のセーターでは駄目なのか。

そもそも、燕尾服や長裾のデコルテの夜会服など、バッハやベートーベンの時代のものではない。古典派の音楽とは、特別なゆかりも、いわれもないものである。わたしの想像するところでは、十九世紀の中頃から、いつの間にか流行となり習慣となったものだ。

わたしは、そこに、現代の古典音楽が、バッハの宗教的なものから離れ、そしてベートーベンやリストの革命的な精神も失って、高級なショウ化してしまったのを感じるのである。そして聴衆も演奏家以上に、おとなしく、お行儀のよいものになってしまった。現代の演奏会には、聴衆もおしゃれして行く。ちょっと物音をたて、大あくびをすれば隣の人に睨まれる。つまらぬ、おざなりな演奏にも、舌うちをすれば、お行儀が悪いと見做される。

だが、わたしは思う。下手な、おそまつな演奏家は、やじり倒されるがいい。そうした厳しさがあって、音楽に進歩もある。そうした形で、聴衆は、創造に参加出来るのだ。最近は、下手な演奏家にも拍手して、アンコールのおまけをとらなくては損だと思うものが多すぎる。そんなケチくさい聴衆が音楽をダラクさせる。わたしは、お前たちに、演奏会のマナーなど、教えるつもりは毛頭ない。それに、お前たちだって幸か不幸か、マナーなどおぼえようとするような人間じゃない。

お前たちは、グループサウンズのお気に入りが出て来ると、キャー、と自然に変てこなインディアンの叫び声のようなものをあげる世代に属している。正直にいうと、それを見聞きして、わたしもはじめのうちは顔をしかめた。何という野蛮さか、と思った。だが、今では、あの騒音に満ち、熱狂に満ちた演奏会のふんいきの方が、死ぬほど退屈で静かで、おとなしく礼儀正しい、葬式のようなふんいきの演奏会より、ましではないかと思っている。

マナーに言及したついでだから、ここで、お前たちの、父親であり、先生であるわたしに対するマナーの不足ぶりについて書いておこう。

今晩も、長女の由希は、ボナールの裸婦の画集を眺めながら、こんなことをぬかした。

「ふとりすぎて、この女の人、カッコよくないわね」

ボナールよ、半世紀あとの子供に、こんな批評をされるとは、思ってもみなかったであろう。だがそれでも、そこまではよかったのだ。由希、お前は、わたしの方を向いていった。

「パパ、パパはこの絵が気にいると思うよ」

「そう思うか」

「ゼッタイだね」

わたしも、裸婦の絵に目をやった。

「だって、パパは、ミニスカートの女の子を見て喜ぶんだから。これなら、もっと喜ぶにきまってるわ」

ケシカラン。お前は、父親にものをいうマナーなど、全然持っておらんのだ。だが、わたしは何もいうまい。時代というものだ。お前一人でなく、これからの子供は、こんなふうに親をおそれずに、ずけずけものをいうようになるのだろう。

ここまで語って来て、語ることにかけては調子はずれでないと、最初はいばってみたものの、自分が語ることでも相当に調子はずれであることを感じはじめた。だが、いまさら、なおすわけにもいかぬ。先を続けよう。

現在、サイケデリックという音楽が、流行している。おとなしい大人は、その名を聞いただけで、「古典音楽にくらべて、現代の音楽は」と、しかめっ面をするかも知れない。ビートルズの「ルシイはダイヤモンドを持って空の中」という歌も、どちらか、といえば、そのような種類の音楽だ。幻想的な音楽なのである。

しかし、音楽の歴史を見ると、ＬＳＤこそ未だ存在しなかったが、古典音楽の中にも、サイケデリックなものは、たくさんあるのだ。

モーツァルトは、幻聴に交響曲を聞いて、それを譜にしたと言われている。しかし、もっとハッキリしているのは、シューマンの場合である。彼は晩年、精神病になったのだが、その頃、幻聴にメロディーを聞いて作曲していた。彼は、死んだメンデルスゾーンが、天国から、それらのメロディーを流してくれるのだといい、白紙の五線紙を前にし、ペンを持って、何時間も、じっと、その幻覚のおとずれを待っていた。うつろな目を、じっと音楽の聞えて来る方向に向けて。

ベルリオーズの幻想交響曲も、その名の通り、サイケデリックなものだ。一人の若い男が、失恋のあまり、自殺しようとして、大量の麻薬をのむ。そして、不思議な幻想を見る。そのサイケデリックな、幻覚的な世界が、音楽になっている。

こうして、サイケデリックなものを探したら、きりがないほどだ。モーリス・ラベルも、晩年を精神病院でおくったのだが、有名なボレロなどは、もっとも幻覚的な音楽である。そして、彼は、自分の作曲した音楽を、全部忘れてしまう。自分の作曲家としての名声にみちた人生すらも。

晩年、彼を病院におとずれた音楽家が「死せる王女のためのパヴァーヌ」は名曲だというと、彼は、

「あれは、たしか、ぼくの作曲したものだったように思うけど、そうだったね」

と答え、

「あの曲は、悪かない、悪かないね」

ひとりごとのように、そうどもりどもり、ぶつぶつと口ごもっていたそうだ。

お前たちは、そんな話を知って、それから、そのパヴァーヌがどんな音楽だか興味を持ってもいい。何も、音楽に親しむために、順序などきまっていないのだから。

お前たちに、最後にいいたいのは、音楽が、頽廃のさなかに新しいものを生み出すので、頽廃と結びつけられがちだが、実は革命的なものだ、ということである。音楽には、パトロンが必要だった。バッハからベートーベンまでの音楽家たちは、封建制度の王や諸侯をパトロンとしていた。しかし、後世にまで残った音楽は、それらの王侯や貴族の趣味を代弁するようなものではなかったのだ。芸術家たちは、自分たちの王侯のおかかえのピエロ役でしかない、という身分に、あきあきしていたのだ。だからこそ、音楽を芸術とすることが、自分たちが芸術家として自由人の資格を得ることだと考えた。その点で、ベートーベンは革命的であった。

新しい美を創造するために、破ってはならない、芸術上の規則というものはない。

と、ベートーベンはいっている。それは、単に芸術の進歩について語っているだけのことに思われるかも知れない。ベートーベンは、モーツァルトやハイドンあたりまでに確立された古典音楽の形式を、交響曲の第三楽章にスケルツォを持って来たりして、破ろうとしている。しかし、それは、ただそれだけのことではなかった。彼の言葉の「美」を「正義」に、「芸術」を「政治」と入れかえてみよ。

新しい正義を創造するために、破ってはならない、政治上の規則というものはない。

そこに生まれる新しい言葉は、レーニンかトロツキーのものではないか、と疑われるほど革命的だ。ベートーベンは、フランスで革命が起きた時、感激した。ナポレオンが革命の保護者として振舞っていた時、彼のために「英雄交響曲」を作曲したことは、知っておくがいい。そして、ナポレオンが革命を裏切った時、ベートーベンが、その献辞を消してしまったことも。

わたしが革命といっても、何も暴力をふるって、物をぶちこわすことを奨励しているのではない。平和な革命もある。

ベートーベンはある日ゲーテと散歩していた。すると、皇族たちと出会った。ゲーテは彼と組んでいた手をほどくと、道の脇にしりぞいて、そのまま、何としても動かなかった。ベートーベンは、帽子をぐっと目深にかぶりなおすと、そのまま皇族たちの中をつっきって行った。それに対して、皇族たちは彼にいんぎんに挨拶した。彼は国王が大臣や教授をつくり、勲章を胸につけてやることは出来るが、決して天才を作ることが出来ないことを認めさせたのだった。

わたしは、それを革命的という。

ジャズは、淫売宿から生まれ、シカゴのアル・カポネという暗黒街の帝王をパトロンにして育った。だが、ジャズの音楽家たちは、米国で差別に苦しんでいた黒人であったこと、譜も読めなかったほど無学な黒人たちであったことを忘れてはいけない。頽廃の場所、社会のゴミタメのようなところから芽生えた芸術ではあるが、頽廃がうんだものではない。

ビートルズたちも、リバプールの貧民街から、彼らの歌を持って出て来た。英国のような身分制度のやかましい国で、彼らが女王から勲章を貰うようになることは、革命的なことでもあったのだ。彼らの長髪は、いつの間にか新しいモードのように受けとられているが、それには、彼らの出身が象徴されていることを忘れてはいけない。音楽が、その芸術性を主張すること、それは、背後の無意識の世界に流れている革命的な心情の主張を意味している。

音楽から、革命にとんでしまうなんて、調子はずれも、いいところである。お前たちの父親は、未だ完全に精神の声がわりが、終っていないらしい。変な音楽教室だったが、それでも音楽教室らしく、ベートーベンの言葉で終りにしよう。彼は自分の祖国に革命が起ることを希望しながら、決して起るまいと、絶望もしていた。そして、ある手紙に書いたのだった。

あなたは、それを騎士の言葉とおとりになりました。なんでわたしが、こんな称号に価するのでしょう。ちぇっ、このデモクラシーの時代に、だれが、こんな言葉をありがたくちょうだいするものですか。

しかし、オーストリヤ人は、黒ビールと腸詰がある間は、革命を起しやしないだろうと思いますが。

どこかの国の詩人も、同じことをつぶやきたくなるのである。

指導にならないといわれそうな読書教室

他人の本から読みとった思想は
石にそのあとをとどめる太古の花だ。
（ショーペンハウエル）

今日は、これから、お前たちに、読書について語ろうと思う。

わたしは、今までに、いろいろな人から、どんな本を読むべきか、という質問を受けた。その質問は、ある時には、お前たちに、どのような本を読ませたいと思っているか、どんな本を買ってやるか、という形をとった。

こんな質問をするのは、たいてい、本を売ることが商売の人たちで、その商売熱心なことから発した行為を、とやかくいうつもりはない。だが、商売とは無関係な人間が、まじめにこんな質問をするのは、困ったことである。

他人に、どんな本を読めばよいかときくような人間は、読書などしない方がいい。どんな本を読んでも無駄であろう。それよりも、自分で、まず、どんな本を読むべきか、考えることが大切だ。考えてわからなかったら、まず、手当り次第に、何でも読んでみるがいい。そのうち、自分の読みたい本にめぐりあうだろう。読書は、自分の考えを作りあげるためのものだ。自分の考えを、他の方法で作りあげることが出来るなら、本など、一冊も読まなくてよい。

本の価値というものは、読む人間が、与えるものだ。シュリーマンという人は、トロイの遺跡を発掘した人だが、ホーマーの、『イーリヤス』の読書は、彼の人生を決定した。それまで、何万何十万の人間が、その本を読んで来た。だが、その本を読んで、トロイの遺跡を発掘しようと思ったのは、彼一人であった。それ以外の人たちは、『イーリヤス』の中に、流麗な詩を、そして詩人の豊かなイマジネーションを、見ただけであった。シュリーマンは、遺跡を掘り出したことで、この本に、まったく新しい価値を与えた。

そのことでもわかるであろうが、他人の与える、良書だとか悪書だとかの評判には、耳をかさぬがよい。

そもそも、お前たち娘四人は、一人一人が別々の人間だ。別々の人間は、同じ物を前にしても、決して同じ反応を示さない。今日も、そのことを、しみじみと感じさせられた。

今日、わたしは、久しぶりに、お前たち四人の娘を、病院のある久里浜まで連れていった。四番目の美樹は、今、二歳、海を見るのが、今度はじめてであった。

由希は、はじめて海を見せてやった時——やはり二歳のころであったが——何もいわずに、じーっと、その限りない拡がりに目を注いでいた。

「ウミだ。ほら、あれがうみだ」

とわたしは、海というものを教え、海という言葉を教えた。だが、由希は、その頃から、早合点の名人であった。そのしばらくあとで、お前は、広々とした平野を見た時、「ウミ」と叫んだのであった。お前は海の水を見ようとせず、その広さや、波の動きだけを見ていたのだ。

二番目の美都は、最初に海を見た時、

「ミズ、ミズ」

と大声にいった。美都はどちらかといえば、詩人ではない。実際家である。海は、何よりも、まず、水なのである。多量の水なのであった。お前は海に、コップの中にあり、水たまりにあり、井戸の底にあるものと同じものを見たのである。

三番目の千夏は、海を見るなり、ママにしがみついて、

「コワイ」

といったものだ。千夏は、犬を見ても、コワイといった。今でも、一番感情的に不安定なのはお前だが、お前は、海を感情的に、いきもののように見ていたのだろう。

さて、四番目の美樹、お前は、はじめて海を見て、何といったであろうか。

「オフロ」

といったのである。いやはや、わたしはあきれた。お前のオフロ好きは知っていた。しかも、大きな湯ぶねのフロが好きなことを。ほかの三人はオフロに行けというといやな顔をするが、お前をフロから出すのは、毎回大変な騒ぎを必要とする。だが、この広々と、果てしない海を、オフロと思うとは。

いいか、お前たち四人は、たった一つの海というものを前にしてすら、これほどもちがった考え方を示した。一冊の同じ本を読んで、四人が同じ価値をそれに与えるなどと、どうして考えられるだろう。

わたしは決して、いい本、不朽の名著というものを否定しようと思っているのではない。たしかに、それはある。しかし、それとて決して、万人に、同じように理解されるものでないことを、知ってほしいのだ。

ショーペンハウエルはいった。

一つの作品が不朽の作として止まるための必要条件は、さまざまな美点や長所を豊かにそなえていて、そのすべてを理解し評価する人が容易に見当らないことである。けれども、いつも人ごとに一つの美点を認めて敬意をはらうので、幾世紀をへ、人々の興味が変っても、作品に対する信用はたもたれる。

もし、かりに、わたしがある本を、お前たちによい本だといったとしても、お前たちは、一人一人、そこに同じよさを認めることはあるまい。

わたしは、子供の時、あまり本を買ってもらえなかった。わたしには、兄が二人あり、六歳上と四歳上であった。わたしは、それらの兄の本を手あたり次第に持って来て読んだ。それで、どちらかというと、子供にはふさわしくない、難しい本を読むことが多く、あまり、よくわからなかった。わからなくとも、わかったふりをしていた。その傾向は、今でも残っているようだ。そのため、童話を子供の時代にほとんど読まず、子供の頃から小説や講談に興味を持った。

小説を好んで読んだ理由は、もう一つある。それは、性に対する好奇心からであった。その頃、今のように、性に関して何でも書いてある本は見あたらなかった。せいぜい、モーパッサンや、フロベールの小説の訳書や、日本の自然主義の小説の中に、性の秘密のかおりをかぐくらいが、関の山だった。それ以外に、家庭医学全書のようなものがあったが、それとて、性病の誇張されたおそろしさを、ぼんやりと感じさせる役にしか、たたなかった。

日本語の辞書に不信感をいだいたのも、その頃である。いつの間にか秘密の中にとざされ、神秘的な言葉になった幾つかの体の部分を、わたしは、辞書をひいて、具体的に知りたいと思った。だが、辞書の中には、満足できる説明を得られず、別の、あいまいな言葉を見つけただけだった。そして、その言葉をさらに辞書でひくと、また前の言葉にめぐりあった。

その点では、お前たちの時代の辞書は、よく出来ている。わたしは、お前たちが、わたしの書斎の百科事典を、そっと調べたりしていることに、ちゃんと気付いているのだ。

小説を読み続け、ついには、自分で小説などを書くようにすらなってしまったが、それは注意深く、巧妙にかくされた性を追いもとめながら、文学という迷路の中に迷いこんだためというのが正しいだろう。

何しろ、お前たちには、想像もつくまいが、小説の、もっとも知りたいことが書かれている場所が、××という印で埋められていたのである。「そこで、彼は彼女を××××」といったぐあいである。

だが、わたしは決して落胆しなかった。何時間も、その××××という印を睨み続け、クロスワードパズルを解く時のように、ここにピタリと当てはまる言葉を、あてどなく探した。そして、それを見つけるためにもまた、前後の文章を、何回となく繰返し繰返し読んだ。中には、半ページほど、××××で埋めつくされたところがあって、こうなると、クロスワードパズル的な方法では、ぜんぜんお手あげであった。

わたしは、文章をこんなふうに切りさいた人間をどれだけ、呪ったことだろう。ありとあらゆる自分の空想力を動員して、それでも駄目だと知ると、わたしは、自分自身が、文章を作りあげねばならぬことを感じたのだった。それが、中学一年二年頃のことであった。

それから、幼年学校という昔の軍隊の学校に行った。戦争が終った時、わたしはその時代の自分の姿の残った写真を見るのが、気恥ずかしくて、目にとまるものは全部焼いてしまった。それを見た母が、そっと一枚だけかくしていたので、軍服姿の少年の写真が今でも一枚残っている。母は、その写真を、わたしが結婚した時、そっと、こともあろうに、お前たちのママに手渡したのであった。わたしに見せるとやぶいてしまうかも知れないから、こっそりしまっておけ、と注意をあたえて。そして、お前たちのママは、ことあるごとに、その写真をタネにして、からかうのである。

その幼年学校では、外から勝手に本を持ちこんで読むことは許されなかった。生徒監殿に、

「この本を読んでいいでありますか」

と、許可をもとめねばならなかった。そのことを考えれば、少々親に読む本を検閲されたところで、がまんのできぬことではあるまい。

夏の休暇の時に帰省を許されたわたしは、兄の書棚から、二冊の本をそっと持ち帰った。一冊は、スタンダールの『恋愛論』であり、もう一冊は、禅の本であった。禅の本は、

「修養のためであります」

とかいえば、何とか許可が得られそうであった。だが、『恋愛論』の方は、どんな理由をつけてよいかわからぬ。わたしは友人に相談をもちかけた。すると、

「なんだ、お前もか。おれも実はどうしようか、と思っていたんだ」

相手は、そう答えて、自分の持ちこんだ、アンドレ・ジイドの『狭き門』を、そっとわたしに見せた。わたしたちは、どうせ取上げられるのなら、一人でも余計に読んでからの方がいいというので、お互いの本を交換して便所の中で読み、読みおわって

から、生徒監殿のところに行った。痔を悪くした原因は、どうもその辺にあるようだ。「何だ、この『恋愛論』というのは。いったい何のために、こんな本を読もうというのだ」

生徒監殿は馬のような大きな口を開き、それにふさわしい大きな声を出した。といっても、軍隊というところは、どんな場合でも不必要に大声を出すことを要求するところであったので、その時だけ、特別だったのではない。

「その、あの、この本は、作戦の勉強に役立つところがあると、兄にすすめられました」

わたしはでたらめにいった。

「馬鹿もの。何の作戦の役に立てようというのか。こんな本は読んではならぬ」

わたしの持って来た本は、没収されて、わたしのもとには、二度ともどって来なかった。だが、わたしと、そしてさらにもう一人の男まで、その本を読んでしまっていた。とりあげられるのを覚悟で読んだためか、それらの本は、長くわたしの心に残った。

それがわたしに、心に残るような本が世の中にあるばかりでなく、本を心に残させるような状況があることを、教えたのであった。このことは、お前たちもおぼえておいてもらいたい。

トーマス・マンの『ブッデンブローク家』を読んだのは、医学部に入って一年目であった。解剖学の骨の試験の前々日あたりに、その訳書を買って来た。試験が終ってから読むつもりであった。だが、パラパラッと、ページをめくったのがいけなかった。人間の体の中にある骨という骨の名前、その骨の突起や溝や穴などにつけられた名前を、まるで地名のようにおぼえていかなければならない時には、たとえどんな退屈な小説でも誘惑になる。わたしは、この長い長い小説を読みはじめると、やめられなくなり、試験場に、解剖学の本を持って行くかわりに、『ブッデンブローク家』を持って行った。

同級生たちは、わたしを余裕たっぷりと見たらしい。今でも、わたしが抜群の記憶力の持主のような印象をいだいている級友がいるが、それは、わたしの試験前の姿をおぼえていて、落第した姿を忘れ去ったからであろう。

試験の問題は、忘れもせぬが、手の骨の名前を全部あげて、その画をかけというものであった。『ブッデンブローク家』の読書は、わたしの手から三分の一の骨をうばった。

「この手は、どうも骨が足りない。たぶん、奇型児の手であります」

とわたしは書いて落第した。追試験を受けるには、幾円かの、再試受験料を払わねばならなかった。この金で、別の小説がもう何冊も買えるだろうのに、と思った時、このトーマス・マンの小説がどれほどいまいましく思われたことであろうか。

それから『ブッデンブローク家』を、この世の中に存在する最大の悪書と見なすようになった。わたしは、一生、この本を忘れぬだろう。たいがいの本は、読んだことがあるということだけは記憶している。だが、何歳の時に読んだということまでは、おぼえておらぬ。しかし、この本は、例外である。表紙の色まで、紙の質まで、おぼえている。

こういう経験は、わが家では、わたし一人のものではないらしい。最近、由希は試験の前の日に、学校の図書室から、ポール・フェヴァルの『せむし男』というフランス語の大きな本を借りてきた。そして、お前はその本をベッドの上にほうり出しておいた。それを見たお前のママの目が、突然輝いた。

「大変だわ。この本をあの子が読んだら、明日の試験はおしまいよ」

そうつぶやいて、その本をとると、ママはすばやく、どこかにかくした。わたしの方を、いたずらっぽい目付きで見やりながら。ママの気持がよくわかった。彼女も、おそらくこの本にはうらみがこもっているのだろう。だから、お前が、

「パパ、ここに置いてあった本、知らない」

といった時、わたしはためらわず、

「何、どんな本だ。そもそも、お前はだらしないぞ。そこらに出しっぱなしをしとるから、見つからなくなるんだ」

と答えた。本は、試験が終ると、すぐに見つかった。まったく、不思議なことであった。

由希が、そのことを覚えているとしたら、このあたりで、なぜ、その本が姿を消したか、これでわかったであろう。

だが、わたしは、自分がかつてしたように、由希が本に夢中になって試験に失敗することがあっても、本当はかまわない。ただ、十回失敗するものなら、ほんの二、三回にとどめておくがいいと思って、ママに協力したまでである。

いったい何で、こんなことを、お前たちに話しているのだろうか。そうだ、本とのめぐりあいについて語りたかったからだ。

世の中には、良書だの、読むべき何冊の本だのと騒ぐ人たちが、うようよといる。まるで、読んだか、読まないかしか、問題にならぬように、

「この本を読みましたか。まだですか。まだだったら読んでおくべきです。いい本です」

という人も多い。出版社の片棒をかついでいるつもりなら、それもいいだろう。だが、真面目にいっているとしたら、困ったことだと思う。この話のはじめに、本の価値は、読む人間によってあたえられるといったが、それと同時に、人間と本とのめぐりあいによっても生まれるものだからだ。

たとえばの話で、もう一度、シュリーマンのことを思い出そう。彼が、ホーマーの『イーリヤス』を読んだのは、子供の頃であった。もし、彼が老人になって、この本を読んだとしたら、彼はトロイを発掘しただろうか。ノンだ。おそらく金持の商人として一生を終ったことだろう。いや、商人にすらならなかったかも知れない。彼が商人として成功したのも、何とかトロイ発掘のための資金を得ようとする執念があったからだ。

ある本が、一人の人間に、他の人間に対しては持つことのない特別の意味を持つことがある。それは、本と人間とのめぐりあいによってだ。その時に一冊の本が、一人

の人間の人生すら変えることになる。こうした偶然のもたらすめぐりあいを忘れて、ただ良書だの、悪書だのいうのは、どれほど無意味なことであろうか。

わたしが、お前たち娘に対して、読書の指導のようなことを一切しないのは、決して無関心さがなせるわざではない。

わたしは、雑読の徒であった。これからも雑読の徒であろう。決して、人が読む本を、時流におくれまいとして読むようなことはなかった。そうはいっても、偶然、そうなったところもある。わたしの読書欲が一番強かった時、それは、戦争が終った直後であった。何もなかった時代であった。兄の集めていた本の三分の二は、疎開荷物として送られる途中の駅で焼失してしまったので、大した本は残っていなかった。新刊書は出るとすぐ売り切れてしまい、その本を古本屋に持って行くと、買った値よりも高く売れた。何か行列があると、何かの売り出し中という世の中であったが、本も例外ではなかった。

わたしは、岩波書店が本を売るという広告を出すと、朝、星の出ているうちに起き、一番電車に乗り、買いに行った。すると、もう徹夜組の十数名の一団が、道路でたき火をしたり、毛布にくるまったりして、並んで待っていた。中には古本屋に頼まれた連中もあったようだ。

その行列の後についたが、そもそも、何の本を売るのかも知らなかった。

「何を売るんですか」

前の男にたずねる。

「文庫本一冊に、叢書本一冊だそうだ」

聞かれた男は、そう答え、本の題名をいわなかった。題名など問題でなかった。読むべき本であれば、どうでもよかったのだ。彼にとっても、わたしにとっても。

「へえ、今日は二冊も」

それを聞いて喜んだ。だが、買ってみると吉田洋一著『函数論』などという数学の本であったりして、とまどった。だが、買った以上、何でも読んだ。片っぱしから読んだ。もし雑然とした無体系な読書をとやかくいう人がいたら、わたしは答えるだろう。

「岩波書店がいけなかったのだ」

戦後、日本文学の本で、わたしが最初に読んだのは、かくして、文庫本の、鈴木三重吉の『桑の実』という小説であった。今であったら、誰がこの本を読むだろう。まず第一に、この本を読めという人が、あるだろうか。そもそも、三重吉は、今の人たちには、ほとんど忘れ去られている。忘れていない人でも、彼の書いたものを読むとしたら、『千鳥』あたりからであろう。わたしをこうして雑読の代表に仕立てた岩波書店が、百冊の本などを企画しているのは、皮肉であり、腹立たしくもある。

よいか悪いかが、問題ではない。わたしは、ただ、そうするしかなかった。わたしは、中学四年で、何も新しい本がないので、吉田氏の『函数論』を、しかたなしに読んだ。古本屋で高く買ってくれることは確かであったが、ともかく読まずに売るのは、損のような気がしたからだ。

今、新刊書を売っている本屋に行くと、わたしはめまいを感じる。どれから、手にとっていいかわからない。それにくらべれば、あの時代は、選択に困るようなことはなかった。何でもかたはしから読めばよかった。それなりに、良い時代だったような気がして来る。おかげで、今の人が読みそうもない本を読むことも出来たわけだ。

ある意味で、わたしは、本当に活字というものに餓えていた。まったくガツガツとしていて、野良犬のような読書欲を持っていた。今の子供たちは、不自由はないかも知れぬが、そのために、あのガツガツとした活字の餓えを、決して感じることはあるまい。

わたしは、今までに、いくつかの本にめぐりあった。それらの本は、この世の中にたった一人の自分が持っているわけではないが、それでも自分一人のものにしておきたいような気がしている。いい本があったら教えてくれというような人を、怒らせないために、いくつかの本の名前をあげるようなことがあるが、それは、どうでもいい本だ。

本当に好きな本は、いつまでも、いつまでも、自分だけのものにしておきたい。めぐりあいのない愛され方を、その本にさせることがつらいのである。

お前たちも、大きくなった時、どこかの古本屋の棚から、そんな本を探し出して来ることもあるだろう。皆が忘れ去っている本で、しかも、びっくりするような魅力を持った本。それを、誰にも教えられないで、この自分が探し出したのだ。そう、ひそかに思う。そしてその本をだきしめる。その喜びは、説明のしようがない。誰彼かまわず、本の名前をあげて、いい本だと教える癖のある人間は、おそらく、この人間と本との、ひそやかなめぐりあいの楽しみを、他人から奪い去ってしまう人間である。本当に本に愛情を持っている人間とは思われぬ。お前たちは、子供に、読むべき本の名前を教えてくれぬような父親を、今、ケチと呼ぶがいい。だが、それが単なるケチでないことを、いつか知る時があろう。

人間は、探しもとめる気持があって、はじめて、めぐりあう。だからこそ、どんな本を読むべきか、などと人に聞くようであったら、めぐりあいを得ることは出来ない。大切なのは、考えること、思索することだ。ショーペンハウエルはいう。

思索は、いわば風にあやつられる火のように、その対象によせられる関心に左右されながら、燃えあがり、燃えつづける。

と。

読書が、学習にすぎないのなら、人に教えられた本を読んでも充分だ。だが、それが思索の一部であるなら、そして、それにもまして愛情であるのなら、それを燃えあがらせるために、探し求める気持を持たねばならない。

結局、読書は、それだけが目的ではない。何度もいうが、自分の考えを作りあげるためのものだ。

今日は、どうも、かた苦しい講義調になってしまった。まあ、あくびをしたければ、するがいい。

だが、もしお前たちが、ある日、何かの本の中で、次のような言葉に偶然めぐりあう時があったら、それが、今日の授業の最後の言葉であったことを、思い出すのだ。それで充分だ。

われわれの精神の中にもえいでる思想は、いわば花盛りの花であり、他人の本から読みとった思想は、石にそのあとをとどめる太古の花のようなものである。

考えることを忘れ、ただたくさんの本を読むだけだったら、利用者の来ない博物館のような人間になる。情熱に動かされ、情熱に導かれない読書は、単なる博学の人間を作るだけだ。お前たちには、そうなってもらいたくない。

作家になることを
思いとどまらすための
文学教室

文学への道は、
永久に出口のない迷路である。

「パパぁ」最近のことだが、十歳の長女の由希がいった。「パパは、どうして、本など書くような人間になったの」

そういわれてわたしはウームとうなり、それからしばらくして、大きなためいきをついた。

どうして、この日本語のどうしてが問題だ。ある者は、このどうしてを、単純になぜという言葉で置換えることで満足するだろう。そうして、由希が、わたしがなぜ作家になったか、その理由を知りたいのだと思うだろう。また、他のどうしてを、こうしてとかそうしてとかの副詞と対《つい》にして頭にしまっている人間は、それを、どうやってという方法を質問する言葉で置換えるかも知れない。日本語の小さな辞書には、この言葉について、この二つの用法しか書かれておらぬが、大きな辞書には、さらに、どうしてそのようなことがありえようか、という反語的用法の時の、絶対的な打消しの用法がつけくわえられている。

だが、由希のその時の声を聞いたもの、その言葉を口にする表情を見ていたものは、もう一つ別の解釈があることに気付く。わたしがなぜ作家になったかという理由を知りたいのでもなく、また、どのような勉強をし、努力をして作家になったかを知りたいのでもない。どうしてを遺憾の念を表わす言葉として、ここで使っているのだ。

わたしがものを書くような人間になり、そのため、他の子供の父親のように遊んでくれることも少なくなり、そればかりか、いい表現が頭に浮かばぬといっては、イライラと腹立っている気むずかしい人間となったことを、うらみに思っているだけだ。どうしての疑問副詞の働きは、そこにはもはやない。わたしがお前のどうしてに答えることが出来ぬことは、もう充分に知っているし、答えてもらう必要はない。もう論理は形だけで感情しか残されていない。

だが、本人のわたしだって、どうして、おれは作家などというものに、なっちまったのだろうと思う。おかしなもので、世の中には、小説や詩が書けるなんて、どんなに楽しいことでしょうね、などと羨ましげな顔をする人もあるが、楽しんで書いていられるなら、すでに自分の家の本棚を埋めるぐらいの小説や詩を書いているだろう。それは決して、楽しいだけのものではない。もちろん、全然、楽しくないといってもウソになるが。

ゲーテのように、

　不快と悔恨と自責と哀愁とが
　今、うっとうしい大気の中にたれこめる

　と書きたい気分の中で、くだらない、人を笑わせるような文章を書かねばならぬ時も、持たねばならぬこともある。そして、小説が書けなくなり、行きづまりを感じて自殺した人間が、何人もいるくらいだ。芥川龍之介も牧野信一も、そうした人たちであった。

　芥川の名前は、今でも多くの人が知っていよう。牧野信一という作家の名前は、あまり知られておらぬようだが、わたしは、お前たちが、日本の小説などを読む年頃になったら、ぜひ思い出してもらいたいものだと思っている。その頃には、今よりも、もっと忘れ去られているかも知れないが、それは日本文学にとって悲しいことだ。彼は、『ゼーロン』とか『吊籠と月光と』とか『歌える日まで』などという、短いが、三十年たっても、みずみずしさを失わない日本語の小説を書いた。

　おやおや、どうも、話が脱線しはじめた。何しろ、牧野信一が自殺したのが、今の私の年齢であることを考えていたりしたものだから、つい話が彼の方へと行ってしまったらしい。

わたしは、自分でも、どうして作家なんてものになったのか、とそう思うことがあると書いたのであった。それには、そう思う理由がある。わたしは、気むずかしい顔をしていることが多くなったために、四女の美樹に、すっかり嫌われてしまって、くさっているのだ。

時折り、原稿を書く筆が進まなくなった時、家の中で遊んでいる、ピキこと、二歳の美樹を抱きあげる。すると、この末娘は、わたしの腕の中で、手足をバタバタさせて、なんと、

「タスケテー」

と叫ぶのである。まわりの人間は、ヒゲのせいではありませんか、と慰め顔をするが、わたしには、理由はちゃんとわかるのだ。外から帰って来て、アパートの中庭で遊んでいる美樹を抱いてやろうとして、タスケテクレーと叫ばれ、実の父親が誘拐犯と疑われ、一一〇番に電話をかけられそうになるとは、困ったを通りこして、腹立たしい。

「ママはスキ?」

とわたしは美樹にいう。

「アン」

と美樹は答える。うんのことだ。

「パパは」

「キライー」

いやはや、何ともハッキリしとる。わたしは、あせる。

「パパのところにいらっしゃい」

これ以上ニコニコしたら、顔が空中分解するかも知れぬほど、せいいっぱいニコニコして手をさし出す。

「ダメヨー」

美樹は、わたしの手をたたく。ああ何と恩知らずの娘だ。

わたしは、時たま手をさし出してもダメだということを知っているので、なるべく時間を作り、ゴキゲンを取ってやろうと思って、何回か、中庭に連れて行ってやったり、美樹の好きなブランコにのせてやったりもした。ブランコを押してやった。少しくたびれかけて、そのまま立っていたら、美樹のやつは、

「そら、ガンバッテー」

とぬかした。父が娘に好かれるためには、これほど苦労せねばならぬものであろうか、と、わたしはためいきをついた。

ものを書く人間が、家庭の中で嫌われものになりながらも、それでも書かねばならぬ、その悲哀を、いったい誰が知ることが出来るであろうか。

文学とは、人生の中ほどで、ふと人間の迷いこむ迷路である。わたしは、そんな風に思う。人間は、情熱にかられて、その迷路にさそいこまれる。そもそも、この情熱というのがくせものだ。人生という、何をしてもいい、ひろびろとした世界で、人間に自由を失わせ、一つのことや一つの人間にしばりつけるもの、つまり迷路の壁のように一つの道に誘いこませるものは、この情熱というやつの姿を変えたものだ。人類の半数は女性だというのに、その中のたった一人の女性にとらわれて、他の何百という女性のことを考えられなくなるのも、この情熱というやつのおかげだ。他に何でもやることがあり、やろうと思えば自由にやれるのに、一つのことから離れられぬというのは、それに情熱をもやしているからだ。子供時代、遊びがつまらなくなると、「イチぬけた」と、さっさと家に帰ったものだが、文学へのとらわれは、そんな呪文で、簡単にとけそうもない。

いったい、わたしは、いつから、この文学の迷路にまよいこんだのだろうか。

自分の記憶の深みに、測深錘《ゾンデ》をおろしてみる。わたしは、小学校時代、作文が好きであった。しかも、長く長く書く癖があった。小学校の三年の時、遠足で三浦半島の鷹取山に行ったが、その遠足について、五十枚の大長編作文を書いた。「トンネルに電車が入り、真暗になったとたんにオナラをしたのがいたが、あれは自分ではない。神に誓って断言する」などと書いたり、そのオナラの話につられて、「風呂の中でオナラをすると、細長いアブクが出来るが、その長さはいくばくぞ、一寸五分である。ゴブゴブゴブの一寸五分だ」などという考察を書いたりしているうちに、五十枚の長編になってしまった。下品な話を平気で書く癖は、そのころからのものらしい。

だが、作文の好きな人間が、将来作家になるとは限らぬ。わたしは、当時、作家になろうと考えたことはなかった。中学に入って、作文がなくなったことは、残念なことであった。そのかわり、漢文や国語の解釈の時に、わたしは、一行の文の解釈に十行を用いるような傾向を示し、ついに、口の悪い級友に修飾語というあだなをつけられるに至ったが、それは作文好きの人間の欲求不満の現われではなかったかと思う。しかし、その時も文学に関心を示していたとは言えない。それまでに読んだ文学作品らしいものは、泉鏡花の『高野聖』だけであった。それは、兄の持っていた童話集の中にあったものだ。

記憶の中で、はじめて、文学的な感動というものに触れたと思えるのは、中学一年の終り頃であった。中学一年で英語を習いはじめたが、担任は、横沢先生という、すくなからず風変りな先生であった。強い近眼鏡をかけ、髪の毛はチリチリにちぢれていたので、わたしたちは、テンネンパーマを縮めテンパアというあだなを献上していた。もちろん、そのテンパアに、おテンテン、パアの略の意もあたえていたのである。非常に短気な先生で、すぐにこめかみに、静脈をふくれあがらせて、ナンダ、ナンダ、ナンダを連発した。わたしたちは、先生にどなられては、亀の子のように、一時間にいく度も首をすくめた。

先生は、中学一年のガキどもに、ジス、イズ、ア、ペン式の初歩の英語を教えるのに退屈しておられたようだ。わたしたちは、英語を教えることが、先生をいらだたせるのだということを知ると、先生に雑談をやらせようと画策した。そのうち、わたしたちは大きな発見をした。先生は、じっと自分が見つめられるのが嫌いなのであった。今、精神科医となって考えると、先生には視線恐怖があったようである。だから、先生を見つめると、理由もなく腹を立てられたのだろう。

といって、授業中に先生を見つめるな、というのも無理なことであった。先生は、めったに、わたしたちを見つめなかったし、天井を見て講義をした。あるいは、ペン習字をさせ、わたしたちの視線を、なるべくノートに釘づけにさせておこうと試みた。さらに、ペン習字の時間に、ぼんやりと先生を見あげないで、習字をきちんとするという条件で、お話をしてくれることにもなった。わたしたちは、英語よりも先生のお話に魅力を感じたわけではない。だが、叱られるよりも、お話をえらんだ。

「先生、今日も、お話」

先生が教室に入って来られると、あまえた声で、そうおねだりした（ああ、今、その時の自分の発した声を思いだすだけでジンマシンが出そうだ）。そして、それは、しばしば成功するのであった。先生の視線恐怖を発見したわたしたちの、作戦勝ちであった。

何回目かのお話の時間であった。先生は、京都の高瀬川を下る囚人を島送りにする船の話をされた。わたしは、その時だけは話に聞きいり、ペン習字もろくにしなかった。目をふせ、なるべく先生の方を見ないようにしながら、一言も聞きもらすまいと思った。話が、時間のベルと同時に終った時、先生は、これは森鷗外の小説に書かれているものだ、といわれた。その時ほど、小説という言葉が、わたしの耳の奥深くまで響いたことはない。世の中の小説という小説を読んでやりたい、という気持を持った。小説を書こう、という気持は、未だ起らなかった。

だが、わたしを文学の迷路へとひき寄せた最初の出来事が、そのお話であったのは確かなことである。文学は活字のことだと思う人間が、昨今多いようだが、原初の文学はこのように語られるものであったのだ。

横沢先生の視線恐怖は、こうして、わたしを幸福な偶然にめぐりあわせたのであった。

その頃、わたしは麻布中学にいた。今では、このわたしの母校は秀才学生の集まるところで、わたしなどは試験を受けてもとうてい受かるまいと冷やかされるが、当時も、勉強をやかましくいう先生は多かった。体操の先生で、安楽という、おかしな本名を持った先生は、その代表であった。「安楽」という名前に反して、この先生は、われわれの少年時代に「苦痛」を要求した。むしろ、アメリカで先生をしていたら、アンラッキイとでも呼ばれて、名前にふさわしい先生と思われたかも知れぬ。入学式の時、この体操の先生は、わたしたちに訓示をした。

「小説などに夢中になって、勉強をせぬものがあるが、小説などを持ち歩くものを見たら、とりあげるぞ」

実際に、わたしは、岩波文庫を一冊とりあげられることになったが、それは二日後に返された。

その訓示の中の小説という言葉は、今でも耳に残っているが、横沢先生の口にした小説という言葉が、耳の奥で反響したのは、入口に、この訓示の言葉がつまっていたからではなかろうか。わたしは、あの横沢先生のお話のあとで、学校に小説を持ちこんで、授業中にこっそり読むようになったが、それは、見つかればとりあげられるというスリルがあったからでもあり、そのため、前にも書いたように、××の多い本がことさら選ばれたりしたのである。

わたしは、言論の自由について考えたりする時、いつも、この頃のことを思い出す。自由の意志は制限の中で目覚める。放縦は、かえって自由への意志を弱める。何でも読むことが出来、何でも出版することの出来る現在だから、悪書追放の名のもとに、良書を、それによって言論の自由まで追放しようとする人間が出て来るのだ。

小説を書くようになるまでには、それからも、いくつかの曲折があった。まず、戦争が、作家への道からわたしを遠ざけた。わたしは、中学二年から、幼年学校に行った。そして、戦争が終って帰って来ると、母親の強い希望もあって、医学部に進学した。戦争が終って、半年間だけ、中学にもどったが、そこで、わたしはどうしたことか、歴史哲学者ぶって、全校生徒を集めた演説会で、第三次世界大戦が起ることを予言したのであった。わたしは第二次大戦の傷を精神に深く残した戦中派の人々とちがって、むしろ、次の大戦の予感にとらわれて戦後を生きはじめた精神的戦後派に属するようだ。

わたしは医学部に行き、そこで自らが予言した第三次大戦の予感をいだきながら、青春時代をすごした。そして、朝鮮戦争が起った時、自らの数年前の予言を思い出し、歴史は、予言者の立場で傍観すべきものではなく、予感に反抗して参加し、自分らの手で作り出すものでなければならないと思うようになった。

わたしは、その時になって、自分のその思想の変化を、小説に書きたいという気持をはじめて持った。わたしは、ニーチェを読んでいて、その小説にニーチェの名前をもじって、『フリードリケ・ニーチェンの青き時代』という題をつけるつもりであった。ノートに、その小説を書きはじめたが、今もって、その小説は書きおえられていない。ともかく、作家になろうという、明確な意志を抱いたのは、その時だ。わたしは、書きはじめ、そして、中途で、文章を学ばねばならぬと思って、文学全体を見直すようになった。文学のグループに関心を持ちはじめた。そこで、また遠まわりをしたのである。何時かは、『青き時代』を書きあげたいと思いながら、そのための習作として、詩や散文詩を書きはじめた。そして、その頃に、最初の恋愛を経験して、詩をそのために書くようになった。
あまり長くなるので、その以後のことは省くが、わたしは同人誌のグループでは、むしろ批評家として出発したのだった。そして、その中途で、文壇的成功と才能の問題をパロディー的に批評するために、『帽子を…』という小説を書いた。ところが、この短篇小説のある程度の成功から、むしろ、批評よりも小説の方を書くようになる。だが、今もって、あの『フリードリケ・ニーチェンの青き時代』は、書かれていない。
ふりかえってみると、何という曲折だったろうと思う。まさに、迷路と呼ぶにふさわしい曲折である。そして、この曲折のどこかで、結婚をし、家庭を持ち、四人の子供を持つようになったのだ。

哲学者でさえも、たまには子供を持つ。

といったのはショーペンハウエルだが、文学の迷路の入口に立っていた時は、そういった彼と同じくらいに、家庭を持ち子供を作るということに冷笑的であった。文学者は、妻子を不幸にまきこむようになるので、独身がいいなどと思ったりもした。そして結婚した時には、結婚はしたが、子供が可哀そうだから、子供は作るまい、とも思った。だが、わたしはショーペンハウエルの哲学者のようにたまにではなく、どうしたことか続けて四人もの子供を持った。だが、あえていおう。それは、ごく、ほんのちょっとした手違いにすぎぬと。

今日、突然こんな話をしたのは、わたしがものを書いているのを見て、長女の由希が、「由希も小説を書くぞ。パパの原稿用紙、わけてちょうだい」などといい出すようになったからだ。いい出したばかりではない。知らぬ間に原稿用紙を盗み出して、何やら書きはじめたのであった。

由希が大きな目玉をとじ、そのかわりに口をあけて眠りこんだあと、そっと、その何やら書きよごされた原稿を探し出して読んでみた。わたしは、つぶやきながら読んだので、そのつぶやきをカッコの中に入れておくことにする。

わたしは、どんなこ

わたしは、パパの子です。(本当にそうであることを願っているぞ)目はあお色で（灰色と緑のまじっているというのが正確なところだ）髪は肩までのながさ。すごく、おてんばで、大人を困らせる子です。（わかっているのなら、少し改めろ）

ともだちは、みんなケンカでわたしにまけます。

ところで、フランス人と日本人のあいだに生まれて来たのは、しあわせでも、にくしみでもあります。なぜかというと、日本語もフランス語も、らくにしゃべれるから便利です。でも、おとこの子たちは、わたしを、「こんけつじ」というのです。そんな時、わたしは思わず口をとじて、家に走って帰ります。そして、おとこの子たちは、わたしのうしろで、「クックッ」と笑っているのです。

一度、こんけつじといわれた時、思いきって、

「こんけつじの、どこが悪いのよ」

となげつけてやりました。すると一人の男の子が、

「そんな、あまいもんやおまへんにゃあ。日本から出ていけえ」

といったので、わたしはまっかになりました。それを忘れることが出来ません。

（まあ、気が強く生まれて来てなによりだ）

これが書き出しで、由希が、内緒で十円のアイスクリームを食べていることも、四女の美樹にママが百二十グラムのミルクをやるといおうとして、グラムをキロと言いちがえ、百二十キロのミルクを飲ませるといって、いくらおすもうさんみたいな赤ちゃんでも百二十キロのミルクは飲めないとからかわれたことなどが、えんえんと書かれていた。おかげで、十円アイスクリームの件がバレてしまい、由希はお目玉をくらったのであった。お前はものを書くつらさの一つを味わったことになる。

それを読んだ時、わたしは、子供時代の作文熱のことを思い出した。ただ、ちがっていたのは、由希が、目の前にわたしを見ているために、作家になろうなどと、思っていることだった。お前は書いたものを本にして、それで得た金で、わたしをプールつきの家に住まわせてやるといった。その気持は、ありがたくなくもないが、わたしは、作家になるなどということを、思いとどまらせたいという気持で、こんな話をはじめたのだ。わたしは、自分のやっているのと同じことを、子供たちに、やらせたくない。できる限り、医者になることと、作家になることだけは、諦めさせようと思っている。それでも、お前たち子供がなろうというのなら、お気にめすままと、いうほかはない。

大バッハの作品だったと思うが、「旅に出たいという甥を、思いとどまらせるために」というピアノ曲を聞いたことがある。聞いたのはピアノであったが、原曲はクラブサンのためのものだったかも知れない。それは、旅に出ると、こんな恐ろしいめにあうぞと、嵐やしけや雷や盗賊やお化けやら孤独やらを音でえがいたものであった。その曲のために、バッハの甥が、旅立ちを諦めたかどうか、わたしは知らない。それは、ユーモラスな小品であった。わたしは、その曲のことを思い出し、文学の中で、どのような怪物に出あうかを考えてみたりした。すると、いたいた、そう、文学の中にも怪物がいるのだ。ギリシャ神話のミノスの迷路《ラビリント》には、ミノトーロスという牛頭人身の怪物がいて、毎回七人の若い男と七人の若い女を食べたという。十四人の女を食べるだけで満足しておればいいのに、男を食うなんて馬鹿な怪物だ。だが、文学の迷路にも、名声という頭を持ち、富という体を持った怪物がいて、若い人間を食いちらかしている。しかも、この怪物は、ミノトーロスのように、見るからに恐ろしい姿をしておらず、逆に人々は、この名声と富に誘惑されて、知らず知らず、迷路に足を踏み入れる。

わたしは、文学のグループとしては、『文芸首都』という雑誌のそれに加わっていた。それから、『半世界』という雑誌を出すグループにも、一時、加わっていた。その頃の記憶は、今でもなまなましく残っている。わたしたちは、みな無名の新人であった。そして、その仲間の小説が、ある日、突然に有名になり、作者の名前が輝き出したりした。ところが、この男はきっと素晴らしい作家になるぞと思っていた男が、いつまでも、いつまでも不遇であり、そのうち情熱を失って、「イチぬけた」式に筆を折ってしまい、平凡なサラリーマンの生活にもどって行った。

そもそも、文学上の名声は、気まぐれに、むこうからやって来る。作品の価値に、影のように後からついて廻るのが名声だと、そう信じていたことがあった。だが、そうではないのだった。それは、むこうからやって来るものだった。しかも、思わぬ時に。ある時は早めに、ある時は遅すぎるくらいに。

名声と青春とが、いちどきに来たら、それは人間にとって多すぎる。

そう『幸福論』の中で書いた哲学者がいたが、それはまことに真実だ。しかし、人間は、どちらかといえば、名声と青春がいちどきに来てくれたらと思いがちなのである。名声が、早めにやって来たら、それを死ぬまでつなぎとめておくためには、残された人生は長すぎる。そこで、自己の影にすぎない名声をつなぎとめるために、自分の自由を失って行くことになる。この悲劇づくりを、無意識に手伝うのが、批評家たち、月評家たちである。彼らは、拍手をすることで、いくどもいくども俳優をカーテンコールにひっぱり出す観客に似ている。俳優は、その拍手が単純に自分に対する称賛と信じるが、しかし、その拍手は、彼を舞台に無理にひきとめて彼の自由を奪っているものなのだ。

そもそも、このマスコミ時代では、主婦連代表が消費者代表をもって任ずるように、批評家は読者代表をもって任じている。消費者が王様であるなら、現代では読者も王様である。すくなくとも、現世での王様である。名声は、この気まぐれな王様の手にゆだねられたものだ。

この名声は、ある時は来るのが遅すぎた。古来、この遅すぎる名声に腹を立て、読者という王様に悪口雑言の数々をあびせた作者が、どれほどあったろう。

ギリシャの伝説的詩人、エピカルモスも、その腹を立てた一人だ。彼は自分より下手な詩人たちが名声を得ているのを見て、毒づいた。

なんにも驚くこたあない、わたしはわたしの思いを語り
彼らは彼らで、自分で自分が気に入って思いあがっているだけさ

彼らはほんとうに、ご立派さ、そう見えるのさ、犬には犬が
あれこそ一番美しい、やっぱりそうだ
牛には牛が
ロバにはロバが
豚には豚が

その毒舌は痛快だ。しかし、彼も遅すぎた名声のギセイ者であった。それから、二千年以上の間、同じように毒づいて来た人間がどれだけいただろう。中には、その毒舌すらが理解されず、憤然としていったものもいる。

毒舌も愚者の耳の中では眠る

と。

お前たちも、作家となろうとする時には、忘れるな。この名声という怪物に、どこで会うとも限らぬことを。しかも、マスコミ時代には、それは昔よりも、いっそう恐ろしい怪物となっている。

若者と年寄りのための政治教室

間違っていたか否かより、
重要であったか否かが、
歴史では問題なのである。

今、わたしは、上の娘二人を、フランスにいるおじいさんおばあさんのところで、夏休みを過ごさせるために、旅立たせようとしている。二人は、おじいさんやおばあさんのことよりも、フランスで食べられるおいしいヨーグルトやソーセージやフォアグラのことで頭がいっぱいだ。その話をして、今回は日本に残ることになっている三女と四女を、羨ましがらせている。

ところが、そこに降ってわいたように起ったのが、フランスのゼネスト騒ぎだ。飛行機も汽車も三週間ばかり動かない。デモや乱闘が繰返される。赤旗、黒旗、それにベトコン旗までが、パリの空にひるがえる。どこまで混乱が続くのか見当がつかない。娘たちの旅行の準備は、すっかり出来てしまったが、父親としては、どうしたらよいか、少々ためらいを感じながら、フランスの出来事を見まもっている。

娘たちも、自分たちが、フランスに行けるかどうかが、かかっているものだから、大変な興味の示しようであった。

いつもなら、午後七時は、テレビのチャンネル争いのもっとも激しい時間である。

わたしは、ニュースを見せろといい、子供たちは、グループサウンズのショウが見たいという。しかし、フランスのゼネストが始まってからというもの、全員が、ニュースを見ることになった。そればかりではない、何故ストをするの、学生は何を怒っているの、何故ド・ゴールはやめないのと、質問を浴びせかけたから、わたしは、にわか仕立てのニュース解説者となった。

こうして、フランスのストが、おさまりかける徴候を見せはじめた頃、米国で、ロバート・ケネディの暗殺事件が起きた。政治に興味を抱きはじめていた時だから、これは彼女らの世界に、大きな波紋をなげかけた。その日、わたしが家に帰った時、蒼白な顔をした長女の由希は、投げつけるように、

「ケネディは、どうなったの」

といった。兄のジョン・ケネディの暗殺事件の時は、わたしは家から離れ、一人でパリにいたが、その時、この長女は興奮して、おもちゃのピストルを摑んで、ケネディの暗殺者をつかまえるのだと、家の外にとび出したそうだ。このことは、前に書いた。

わたしは長女の顔付きを見つめながら、この記憶は、おそらく、彼女が大人になっ

た後にも、心の奥深く残っていることであろうと思う。
そこで、この機会に、政治のことを考えてみようという気になった。実をいえば、今回も、文学と文学者のことについて、前回の続きを書こうと思っていたのだ。だが、文学のことなどは、いつでも語れる。それに反して、政治について語るのは、たとえ、ひきあいに出すのが遠い昔の事件であろうとも、現実の事件に触れながらの方がいい。そこで予定を変えることにした。

今、われわれは、二十世紀の後半を生きている。われわれの時代は、テレビや宇宙衛星や、原子力、心臓移植手術などの、未来的なものにかこまれている。だが、われわれの時代は、暗殺、デモ、ストなど、決して未来的とはいえぬ出来事をも繰返して経験している。ちょっと見ると、非常に対照的だ。ため息をもらさせるほどだ。だが、それらの間には、目に見えぬ関係の糸が、つながっているかも知れない。政治的な事件に関する限り、われわれは、常に、この目に見えぬ関係の糸をたぐらなければならない。しばしば、余計な糸をたぐってしまうこともあるが、それでもたぐらねばならない。そうでなければ、逆にわれわれが、その目に見えぬ糸のために、がんじがらめになって、自由を失う運命をまぬがれないからだ。

お前たちに、おぼえておいてもらいたいのは、そのことだ。政治は、しばしば、顔をそむけたいような、いまわしい事件を含んでいる。くだらない、騒々しさとか、真剣な顔をしての愚行にも満ちていて、ばかばかしくなり無関心でいたくなる。だが、それだからこそ、知らず知らずのうちに、われわれは、政治につけこまれてしまう。

たとえば、暗殺の問題だ。暗殺という言葉は、何か暗い、陰うつなイメージをわれわれに呼び起す。そして、人間が月旅行をするという時代に暗殺とは、なんともチグハグな時代錯誤なことだと思う。そして、ただ、なんでもいい、こんなことは、もう終りにさせたいと思う。その感情が叫ばせる。

「米国の民主主義はどこに行ったか」

まるで、民主主義に暗殺を防ぐことが、簡単に出来るかのように。あるいは、暗殺事件が、民主主義を消し去ってしまったかのような口ぶりだ。だが、民主主義は、絶えざる暗殺とたたかいながら育って来たのだ。アメリカの大統領の中で、リンカーンほど、民主主義という言葉に結びつけられて考えられるものはあるまい。だが、彼も暗殺者の手で倒されている。その暗殺によって、米国のデモクラシーが死滅したと考える人間がいるだろうか。リンカーンに対する暗殺の計画は、成功した最後の一つだけにとどまらなかったし、リンカーン自身も、その危険を充分に知っていた。だが、彼は強い反対を押しきって、ドレイ解放を行なったのだ。彼は、自分の行なっていることが、民衆の大部分の支持を受け、自分の暗殺によって、歴史が逆もどりさせられることはないと考えていた。彼は、むしろ、暗殺の不安を克服することで、米国の民主主義を前進させたともいえる。

ロバート・ケネディにしても、そうだ。彼の暗殺計画のうわさは、もう数カ月も前から流されていて、わたしもそのうわさを耳にした。キング牧師の暗殺のあと、「この次は、ロバート・ケネディが狙われるだろう。彼に大統領となる可能性が大きくなった時が危ない」という話を、幾度も聞かされた。こうした話を、ケネディ自身が聞かなかったはずはない。

死の二週間前にも、ロマン・ガリという名のジャーナリストとインタビューして、彼はその危険を肯定している。そして、暗殺される可能性はあるにしても、選挙運動をやめることも出来ぬし、主張をやわらげようとも思わないと答えている。そして、彼にとっては、運か不運かの問題にしかすぎないといっている。むしろ、少数者の暗殺の恐怖のために、主張すべきことを主張せず、要求すべきことを要求しなくなるとしたら、それこそが、民主主義の死を意味する。その方が、嘆かれねばならぬことだと。

このニュースを聞いて、自民党の政治家は、

「日本の方がいいね」

といったが、彼は、日本の暗殺史を忘れてしまっているかのようだ。何と弱い記憶力であろうか。

だが、ここで暗殺という手段について、もう一度、考えてみよう。

暗殺の歴史は、文明の歴史と同じくらいに長い。このことは、お前たちにも知っておいてもらいたい。暗殺の歴史は、人類が政治的権力というものを作り出した時からの、政治の歴史そのものでもあった。もちろん、人間は、このいまわしい暗殺という手段を、どうしたら、政治から除きうるか、ということを考えないではなかった。議会制度とか、裁判制度とかは、そのために人間が考え出したものだ。

だが、政治的対立が極端なものになった時には、どのような政体をもってしても、暗殺を防ぎとめることは出来なかった。そのことが、どうしてか忘れられがちだ。

暗殺の手段にかかって倒れた人たちは、不思議と極端に圧制的な独裁者たちではな

い。圧制的な独裁者は、狙われぬわけではないが、的になるのは一人なので、ふせぎやすい点もある。逆に暗殺されるのは、人気のある政治家が多い。現在の日本で、暗殺者たちに狙われる人が少ないのは、組織にのった政治家が多く、人気のあるものが少ないだけのことだ。決して、日本の民主主義が、アメリカの民主主義よりも成熟したからだとはいえない。現に、美濃部都知事のように、人気のある人に対しては、時折り、暗殺計画のうわさを聞くことがあるのだから。

暗殺がおこる。すると、われわれは、何てことを、とつぶやきながら悲しむ。悪いやつらがいると思う。また、ある人々は、暗殺者を、世の中からなくならぬ狂人と片付けようとするし、ある人たちは、暗殺の背景を漠然と推測し、それに罪をきせる。だが、暗殺という現象そのものを、考えようとしない。

暗殺は、権力の側の人間が、権力を狙う側の人間に対して加える場合と、権力者に対して、その権力を狙ったり復讐したりするために加えられる場合とがある。だが、いずれにせよ、暗殺という手段が、もっとも野蛮な行為であることを、ほかならぬ暗殺者自身が知っている。それでも、彼らが、その手段を用いようとするのは、彼らが、暗殺を正当化する哲学を持っているからだ。彼らは、暗殺と自分の信念を、秤の別々の皿の上にのせる。そして、彼らの秤では、常に信念の方が重い。

暗殺という言葉に出会う時、すぐに思い出すのが、シーザーの暗殺のことである。そして、暗殺者のブルータスのことだ。この事件については『プルターク英雄伝』に書かれていることと、シェークスピアの『ジューリアス・シーザー』に書かれていることとしか知らない。だが、それでも充分に考えさせられる。

「ブルータス、お前もか」

という、シェークスピアによって、この遠い日本ですら知らぬものとてないものとなった、シーザーの言葉は象徴的だ。この言葉の中に、われわれの暗殺というものに対する一般的な感情がこめられている。

「ブルータス、お前もか」

という叫び声は、

「アメリカの民主主義よ、お前もか」

という、つぶやきにも通じる。

ブルータスは、歴史に残っている暗殺者の中では、人格的に、もっともすぐれた人物であったようだ。正義派であり、個人的な野望を持つことも少なかった。そして、シーザーにも信頼を受け、シーザーは、自分の死後、自分の後継者となるべき人間は、ブルータスであろうと考えていた。ブルータスが、権力を奪おうという野心を持っていたのなら、自然にシーザーの死を待つのがもっとも確実なことを、理解しないはずはない。

何人かが、シーザーに、「あのあおざめた顔の男が危険だ」といって、ブルータスに気をつけろと注意した時、シーザーは、自分の手で自分の体を抑えて、

「何だと、諸君は、ブルータスが、このケチな体を待っていられないと思うのか」

といった。

「ブルータス、お前もか」

という言葉は、実際はシーザー自身の言葉ではない。彼の死後、二、三百年たって、後世の人たちによって、つけくわえられたものだ。それによると、

「わが子よ、お前もか」

という言葉になっている。シーザーのブルータスの理性に対する信頼が、そこにうかがわれる。

何故に、このブルータスが、暗殺者の一人になったのだろうか。もちろん、彼の性格にも、問題はあったようだ。彼の性格に関するこんな挿話の中にも、お前たちは、彼の暗殺者的な素質を感じるかも知れない。

……話によると、シーザーは、ブルータスが演説するのを聞くや否や、友人たちに向って、

「あの若者が、どういうことを欲しているのかわたしにはわからないが、とにかく欲していることを、強烈に欲している」

といったそうである。

だが、ブルータスにとって、それ以上に大切なことは、彼の暗殺の哲学であった。彼の先祖は、独裁政治を企てた人間が民衆を煽動した時、単身、広場《フォーラム》に行き、その男を刺し殺したことで有名であった。そして、おどろくべきことには、当時の人たちは、この先祖のブルータスを、ローマの民主主義を独裁者の手から救った勇者と考えていたのだ。

民主主義を独裁者の手からまもるためには、暗殺という手段もやむをえない、そこにブルータスの思想がある。暗殺者となることをあえてしても、民主主義はまもらねばならない。彼の心の底にその思想があったからこそ、カシアスの煽動に、彼は動かされたのだ。

彼が、シーザーの暗殺を決意する前、先祖のブルータスの銅像には、

「ブルータス、お前が今いてくれたら」

とか、

「ブルータス、お前が生きていてくれるといいのだが」

という言葉が書きつけられていた。

ブルータス自身のプラエトルの演壇にも、毎日のように、

「ブルータス、眠っているのか」

とか、

「あなたは、本当のブルータスではないぞ」

とかの文句が書きつけられていた。

ブルータスは、サン゠テグジュペリが、『人間の土地』で書いた、
彼は自分がしなかったら、一枚の畑が荒蕪地になるように思うのだ。彼は自分が耕さなかったら、地球全部が荒蕪地になるように思うのだ。

という人間の一人であったようだ。お前たちは、ブルータスの行動をどう思うか。

民主主義をまもるためには、彼のしたことは、本当にやむを得なかったと考えるか。民主主義をまもるための暗殺と、民主主義をおびやかすケネディの暗殺をくらべることが出来ないと、お前たちはいうだろうか。そういいたい気持もわかる。だが、そうした区別は無意味だ。ブルータスは、民主主義を救うことが出来ただろうか。彼は、シーザーの暗殺による混乱から、ローマを帝政の手に渡すことになったのだから。どっちみち、暗殺者は、自分より高いものの存在を信じて行動する。暗殺者は、孤独な行為を行ないながら、自分のためにでなく、国が、運動が、民族が、神が、彼にそうさせているのだと信じる。孤独でないと感じる。彼らは、つぶやく、

「国賊め、この罰を受けよ」

「神を冒瀆するものよ、神罰だ」

「天誅を加えるぞ」

政治的暗殺も人殺しだ。暗殺者も、その暗いおいめを感じる。それだからこそ、その行為を個人的なものから超越させる必要があって、何か絶対的なものを求める。だから、政治的暗殺は、政治の中に、自分たちより高いものを持ちこもうとする気持が、人間の中にある限り、なくならないだろう。世の中にゴロツキがなくなっても、人間が一般的道徳の水準をどこまで高くあげることが出来たとしても。ブルータスの

ような、徳性高き人物の中にも、暗殺肯定の精神は眠っている。

「ブルータス、お前もか」

は、そうした人間の心の背景に、ひびいて来る言葉だ。

トロツキーは、反道徳的な彼の行為を非難された時、答えている。

政治において、抽象的な道徳基準を適用しても無益だということは、あきらかだ。政治的道徳は、政治それ自身から発するのであり、それは政治の機能の一つにすぎない。

お前たちは、わたしが悲観論者だと思うかも知れないが、暗殺を、道徳的に難じたところで、なくなるまいと思う。暗殺もまた、トロツキーのいう、政治的行為の一つなのだから。だが、お前たちは知るがいい。いかにわれわれにとって、まもりぬきたい、大切なものがあっても、暗殺しか、それをまもる手段がないと思われる時が来たら、それは、決して暗殺などによって、まもりぬけるものでないということだ。暗殺の歴史は、それを示している。

暗殺の歴史の中で、ブルータスほどの暗殺者はいない。他の暗殺者は、多かれ少なかれ、頭の弱い人間たちだ。ブルータスとシーザー暗殺の計画に加わっていた有名な男は、カシアスである。彼は、シーザーに個人的なうらみを抱いていた。もちろん、シーザーにも、個人的なうらみを抱かせるところはあった。暗殺者の大部分は、ブルータス的であるよりは、カシアス的である。

つまり、ブルータスは支配そのものに憤慨し、カシアスは、支配者を憎悪したのである。

われわれが、カシアス的な暗殺者を裁くのは、やさしい。むずかしいのは、ブルータス的暗殺者だ。

どうもむずかしい話になった。だが、娘の学校といえども学校だ。時折り、むずかしい、マジメな話をするのもいいだろう。

そもそも、この娘の学校は、お前たち生徒を、マジメのカンヅメのような人間に製造する工場ではない。さりとて、時に応じて、マジメに考えることが、一切、出来ないようでも困る。

ところで、アメリカの暗殺から、話をフランスのゼネストにもどそう。一九六八年の五月、フランスは大揺れに揺れた。実際に、三週間も、郵便も電車も何もかもが止ってしまったのだから、考えられぬほど大変なことだったらしい。精神的なショックの点では、ケネディ暗殺の方が大きかったかも知れぬが、生活そのものに与えた影響は、フランスのゼネストの方が、くらべものにならぬほど大きかったろう。

そのフランスのゼネストのきっかけを作ったのは、パリの大学の学生たちのデモであった。お前たちも関心を寄せたようだが、娘の学校の校長を名乗るわたしには、学園騒動は他人ごととは思えないことであった。そればかりではない。ソルボンヌ、カルチエ・ラタン（ラテン区）などという名は、十数年前、お前たち娘どもの未だ生まれぬ頃、わたしとお前たちの母親とが過ごした青春の記憶につながっている。デモや警官隊の乱闘のテレビニュースを見ると、見おぼえのあるカフェのテラスなどが、目にとびこんで来る。それが、わたしに、彼らのことを、更に知りたい気持を起させた。わたしは、あちらこちらから、情報を掻きあつめた。

パリ大学の学生が、日本の三派系全学連の戦術を真似たことは、誰でも知っている。さすがは、学生、学ぶことを専門にしているだけのことはある。日本の学園騒動から学ぼうとしなかったのは、大学側と文部大臣の方だ。娘の学校では断じて、生徒たちに対して、この愚を繰返すまい。とはいうものの、わが学園には、三派でなく、一つ多い四派全学連がいる。三派までは何とか自信があるが、最後の一派が問題である。この一派は手ごわい。

前回にも書いたが、四派目の美樹はこのわたしに抱かれることをいやがる。だが、こちらだって、さるものだ。ちゃんと、敵の弱点を利用することを知っている。美樹がその気なら、こちらもカタキ役を演じることで、それに応じた。たとえば、美樹が、便所に行きしぶっていると、

「それなら、パパが便所に行こうかな」

とつぶやいて、腰を浮かせる。すると大変だ、

「ピキが行く、ピキのお便所よお」

と十五キロの巨体(二歳の子としては巨体だ)をゆるがせて便所までかけて行く。そして、ガッチリ便器をつかまえて叫ぶ。

「ピキのだい」

それで、わたしたちは目的を達する。

どうしても、眠りたがらぬ時も、同じ作戦だ。

「そのパジャマ、パパに着せて」

わたしがそう一言口にすれば、彼女はすぐに裸になる。ああ、若い女の子に、こんなてで、簡単に着物をぬがせられればいいのだが。

美樹がパジャマを着ると、わたしはまた、いい頃あいをはかっていう。

「さて、美樹のベッドでパパが寝ようかな」

「ピキが寝るう、ピキのだぞお」

彼女は猛烈にベッドにダッシュする。

わたしがいない日は、このカタキ役がおらぬ。一度おてつだいが、日頃甘やかしておきながら、このわたしの役を演じようとしたことがあった。

「わたしに寝かせてよ。美樹ちゃんのベッドちょうだい」

女の知恵はアサハカだ。役には役柄というものがあることを知らぬ。美樹は、泰然として答えた。

「うん、いいよ。ピキと一緒に寝ようよ」

ガキだと思って、あなどってはいけない。二歳には二歳なりの知恵がある。今は、この程度でごまかしていられる。だが、こんなカタキ役の猿芝居を、美樹が見破るのも、さほど遠いことではあるまい。今が一番可愛らしい時だが、その時はなつきもせず、わたしのゴキゲンをとって、すなおに抱かれる時には、可愛さの半分を失って、憎らしさが出て来るころだ。だが、その時は、父たるわたしは、腹立ちを殺して、やさしい、話せるパパを演じなければならぬだろう。そして、何も演じることなく裸の父親になれたと思った時には、ああ、その時には、娘たちが、嫁に行くなどといいだすだろう。

どうも、変なことになった。校長として、四派全学連対策を考えるうちに、いつの間にか、カタキ役の父親の悲哀などに話が行ってしまった。パリ大学の学生たちの話にもどろう。彼らは、美樹がわが家の便所を占拠したごとくに、教育制度改革を要求して、ソルボンヌを占拠したのであった。わが家で、四派目の全学連が要求貫徹まで、便所を占拠しないようにのぞむ。

彼らは、たてこもると同時に、いくつかの班を作った。清掃班、補給班、バリケードの防衛班などだ。日本の全学連の思いもかけなかったのは、保育班というやつだ。パリの大学には、結婚して子供のある女子学生もかなりいる。そのため、国も学生ママのために、郊外に、すでに保育所を開いているほどだ。だが、大学の内部に、それがもうけられたことはなかった。母親たちは、それまで、遠まわりして、子供をあずけてから学校に行っていた。だが、学校にそれを置けば、学生ママたちに、これほど便利なことはない。こうして学生たちが自主的に作ったものの中には、フランスの文部省の役人も、グッドアイデアだと感心しているものもある。この学内保育所は、ソルボンヌの学生による占拠が終っても、文部省が引継ぐべきだという世論があるそうだ。

今の学生の要求の一つには、大学の学園管理に、学生代表を参加させろ、というのがある。これは、世界的に共通なことだ。共産圏の学生騒動にも、共通している点だ。そして、他の点を譲っても、この点だけは、学校が譲るまいと、どこの国でも頑強に抵抗している。だが、こんな例を見ると、わたしは、そんなに固執しなくてもよいではないか、と思う。

学生が、舗道の石畳をはがして、バリケードを作った時のことだ。警官隊と学生が、離れて対峙していた。その時、警官隊の前に、学生のジャズバンドが現われて、演奏しはじめた。警官も、気のりのしない仕事をさせられているので、思わぬ演奏に、気を紛らせていた。はじめのうちは、喜びさえしたらしい。最後になって、警官たちも、人を馬鹿にするな、と怒りだしたが、その時には、背後のバリケードは完成していた。

こんな学生たちの話を聞いていると、三週間のゼネストが続けられえたこと、その不自由さに、いくらスト馴れしているとはいえ、フランスの人間が、なんとか内戦まで行かせずに耐えぬいた理由が、わかるような気がする。

パリの人間は、この五月コンミューンを、けっこう楽しんでいたみたいだ。

現在の、学生騒動は、自由諸国、共産圏諸国を問わず世界的だ。いつの間にやら、年齢の鉄のカーテンをはさんだ対立は平和共存によってなくなって、ほっとすると、年齢のカーテンをはさんで、若者と老人が対立する時代が来たらしい。四十歳という年齢が、境界線のようだ。世界の政治社会は、イデオロギーの対立に目を奪われていて、昔の革命の本質にも同じものがあったことを忘れている。トロツキーは、彼の『スターリン』の中で書いている。


革命的世代の若さが、労働運動の若さと一致していた。それは十八歳から三十歳の年齢の人々の時代であった。三十歳を超えた革命家はまれで、老人に思われた。運動には、まだ立身出世主義はまったくなく、それは未来に対する信念と、自己犠牲で生きていた。まだ、日常的な仕事もなく、定式もなく、劇的なジェスチャーも、雄弁の既成のトリックもなかった。

学生時代から運動に入り、英国でレーニンにめぐりあい、パンフレットを情熱的に書きまくっていた頃を追想するトロツキーの文章を見ると、今の学生運動を思わずにはいられない。彼らが、現在の共産党から、トロツキスト呼ばわりされる理由もわかるような気がする。

たしかに、若者たちは、わたしたちの目から見れば未熟だ。だが、彼らの目から見れば、われわれは、熟しすぎていると見えるだろう。大切なことは、この若者たちにも、参加させることだ。そして、がまん強く、彼らの主張に耳を傾けることだ。少なくとも、彼らの直接に関係ある教育の問題を、彼らぬきで大人がきめ、それを押しつけないことだ。

パリのソルボンヌ占拠の学生は、コーンベンディットが、国境をもぐってパリにもどって来た時、この若くて有名になった学生運動の指導者に、

「われわれは、スターを必要としない」

といったそうだ。聞いた話だが、ありえそうなことだと思う。

学生運動は、一人の野心家の立身出世に利用されるためには、純粋すぎる。若すぎる。

わたしは、あるフランスの女性雑誌に「わたしが文相であったら」という題で、十

七歳の高校三年生がしている発言を読んで思った。

「これは、文相の権限を超えるかも知れないけど、大人は、スイスの予備役軍人が六カ月に一日、兵営にもどって訓練を受けるように、六カ月に一日、大学にもどって、学生生活をさせたらいいと思う。それは、まあ、いわば、教養的定期点検《チエック・アップ・キュルチュレル》というようなもんだね。

学校では、生徒にカビくさい古典を読ます時間をちょっぴり削って、新聞を読ませる時間を作ろう。家での予習復習と同時に、テレビニュースを見るのを義務づける。十七世紀や十八世紀の名もない作家の研究をやらせるかわりに、大学で、現代の映画のケッサクを見せる。映画の名作と、つまらぬ数百年も前の、古いばかりがとりえの小説と、どちらが、現代人の教養に必要だろうかしら」

どうして、この意見が、十七歳の少年のものだからといって、とりあげてはならないのだろう。

映画「市民《シテイズン》ケーン」を見ることは、どうして、教養学科の正課にあたいしないのだろう。娘の学校の校長としては、ためらうことなく、彼のグッドアイデアを取りあげるつもりだ。

この年齢による差別の問題を、古い世代の人間は政治の中で見つめて行かねばならぬ。

そもそも、ド・ゴールは、前大戦中、ロンドンから本国のペタン元帥に向けて放送した。

　あなたは老いすぎている。国民を指導するためには、頭が固くなりすぎている。

そのド・ゴールは、自分が、今、戦争中のペタンと同じ年齢で、フランスを指導していることを忘れている。人間は知らず知らず年をとるものだ。そして新しい年齢は、自分にとって常に未知のものだから、自分が、若い頃老人と見た年齢に達していることに気づかないのだ。わたしも、お前たち娘どもを前にして、そのことを、充分に考えてみなければなるまい。

政治的な事件を考える時、間違っていたか否かを問題にすべきでない。学生の行動に、一点のあやまちのないことを要求しても無理だ。間違いはあっても、それがどれだけ重要な意味を持つものかを考えるべきなのだ。

憂いを増させるための人生論教室

一つの不幸、一つの幸運は
人生というメロディの中の
一つの音符にすぎぬ。

由希と美都の二人、お前たちは、とうとうフランスに行ってしまった。学校の同級生とそのお母さんと一緒だから、さして心配はないが、世の中の両親から見れば、わたしは、少々乱暴で無責任な父親と思われるかも知れぬ。だが、わたしも、由希と同じ年で、夏休みを、祖父母のところで過すため、東京から新潟まで、汽車で一人旅をしたことがある。新潟とフランスでは、大分ちがうが、世の中も変ったのだから、そして、その時、わたしは全くの一人で旅をしたのだから、同じくらいの冒険といえる。考えてみると、わが家では、自分が子供の時にやったことを、親になって子供に繰返させるようになっている。

お前たちのママも、やはり子供の時に一人旅をしている。戦争で、フランスがドイツ軍に占領された時、お前たちのママと、お前たちがフランスで会うことになっているお前たちの叔母さんと、二人でスイスに行った。そこでスイス赤十字の世話で、見知らぬ農家の世話になり四カ月をすごした。その農家はドイツ語しか話さず、最初は、一言も言葉が通じなかった。だまって、食べてばかりいたから四カ月の間に、まるまるとふとったそうだ。現在のお前たちのママは、どちらかというと痩せた部類に属するが、それは彼女がよくおしゃべりが出来るからであろう。お前たちを、気軽に長旅に出せるのは、わたしたちが、そんな過去の子供時代を持っているせいだ。

わたしの母は、日頃、わたしに現金を持たせてくれなかった。何か必要なものがあると、その値段をたしかめ、きっかりのお金しかくれなかった。だが、新潟に行く時、母は、はじめて自分で自由に使っていいお金をくれ、小さなガマ口を買ってくれた。その時の嬉しさを、わたしは今もって忘れられぬ。嬉しさのあまり、上野から新潟までの停車駅のすべての駅で、アイスクリームを買って食べた。急行列車であったので、十ぐらいしか停車駅がなかったのは幸いであった。もし、各駅停車であったものなら、わたしの腹の方は、新幹線超特急ひかり号のようになっていたであろう。

そのことを思い出したので、わたしは旅立つお前たちにむかっていったのである。

「アイスクリームは、決して、一日に二個以上食べては、あいならぬ」

だが、この教えが、どれだけまもられたか、わたしにはわからぬ。由希から、日本に残った千夏あての最初の手紙は、「こっちのアイスクリームは、ダブルだぞ。うーまいぞ。バイバイ」というものであったからだ。
まあ、いずれにせよ、いたしかたあるまい。ただ、お前たちが、旅に出て、少しは何かを学んでくればいい。自分一人の力で、アイスクリームを食べすぎて、下痢をして、それをなおすことを考えるようになれたら、まあ、それでもいい。それが、旅というものだからだ。そして、わたし自身の旅のはじめも、同じようなものであった。
だが、お前たちも、それからしばらくするうちには、汽車の窓から、飛行機の窓から、うつり行く景色を眺め、星を見つめ、うすれ行く、明け方の空の青色に心をうばわれ、アイスクリーム以外のことを考える時が来るであろう。そして、どれだけ先のことかわからぬが、お前たちも、サン＝テグジュペリの次の言葉を、旅の途中で、ふと思い出すようになってもらいたい。このわたしが、そうなったように。

人は風に、星々に、夜に、砂に、海に接する。人は自然の力に対して策をめぐらす。人は夜明けを待つ。園丁が春を待つように。人は空港を待つ。約束の楽土のように。そして人は、自分の本然の姿を、星々の間にたずねる。

さて、今日は、つれづれのままに、自分をふりかえってみながら、人生論について語って行くことにしよう。

わたしは、今は、あまり感情を素直に外に出すことをしない。だが母の話では、子供時代、わたしほど喜びを外に示した子供はなかったそうである。母は助産婦であり、わたしが生まれたその日も、よその家で、赤ん坊をとりあげて来たのだという。そんな仕事を持った母だから、どうしても留守がちであった。夜中にも起されてお産に出かけ、それに父が遅く帰ったりすれば、わたしたちは、子供だけで留守番をしなければならなかった。そんなぐあいであったから、母が家に帰って来ると、わたしは嬉しくて嬉しくて、母の顔をすぐに見ることが出来ず、台所に走りこみ、奥の間の押入れの中にかくれ、柱のまわりを五回半くるくると廻り、縁側のつきあたりまで、ドタバタと走り、便所の中にとびこみ、それから玄関で立っている母親の胸にとびついた。

わたしは、母にその話をされるたびに、自分が、そんなにも喜びの感情をあらわす子供であったことを信じがたく思う。喜びをあらわすのはよいことだ。

友人のT家の犬も、喜びを表現する点では、素晴らしくめぐまれた犬だ。お前たちのママは、わたしの子供時代の話を聞くと、

「つまりは、あんたは、Tさんとこの犬みたいだったのね」

という。

たしかに、T家の犬は、素晴らしい犬だ。お客好きだ。決して吠えたり、咬みついたり、失礼なことはしない。お客が来ると、体全体で喜びを示す。ただ、たった一つ、わたしの子供時代の喜びの表現とは、ちがったところがある。T家の犬は喜んでお客の足にとびつき、そこで喜びのあまり小便をもらすのだ。ここまで喜べる犬は、まあ、たんとはあるまい。わたしは、たしかに喜びのあまり、便所にかけこむことはあったが、もらすところまでは行かなかった。そこまで歓喜することは出来なかった。世の中の女性は、しばしばT家の犬と同じように、喜ぶにつけ、悲しむにつけ、ある種の液体をもらす。涙というやつである。もらす点では同じだが、つごうの悪さで少しましなだけである。

人間の価値観というものは、実に気ままなものに左右されるものだ。T家の犬は、その喜びの表現の故に、遂に家から追いだされることになった。よく、人間の世界では、度を越せば悪になるという。しかし、善悪は、本当は、度をすごすことなどによって、善になったり、悪になったりされては困ることなのだ。それは、善はあくまでも善なのだが、度をすぎると人間にとって、つごうが悪くなるだけだ。人間は、自分にとって、つごうのよいものを、よいと錯覚する。このことを間違えぬようにしてもらいたい。人間がよいとか悪いとかいうものは何者かに対して、つごうがいいか、つごうが悪いかにしかすぎぬものである。世の中に、人間にとってつごうの悪い善というものだってある。あるにちがいない。そのことを、お前たちは、T家の犬のことを思い出すたびに心にとめるがいい。

わたしは、今まで機会あるごとに、お前たちにも、世の中のママ族にも繰返していって来た。世の中に、いいことというものがないように、いい子なんてものの存在を信じてはいけないと。親がいい子と呼ぶのは、親にとってつごうのいい子であるにすぎないのだから。六歳でいい子といわれたものを、四十歳になっても持ち続けていたら、必ずブツギをかもすことだろう。

ともあれ、哲学者や思想家のように、純粋に善悪について考察をめぐらすことが仕事のように思われている人々のいうことであっても、それを頭から信じぬことだ。

これらの先生がたは生活することを欲する。すなわち、彼らは妻子同伴で哲学にしがみついているのだ。ちょうど、

〈わたしの食うパンをくれる人の歌を、わたしは歌う〉という歌のごとくに。

ショーペンハウエルが、そう皮肉ったような哲学者や思想家が、どれほどいるかわ

からないのだから。そして、悲しいことに、わたしにだって、そのような傾向が、全くないとはいえない。お前たちは、わたしが娘の学校の校長だということで、そのようなことがあることを許したがらぬ。だが、

何人も、常には賢者ならず。

である。そのことを、知ることが出来たら、お前たちは、人生というものを、僅かばかり知ったことになろう。

わたしは、今、三十九歳になったところである。ふりかえってみると、身の上にはさまざまな事件が起り、その意味を知ることが出来ないながらも、いろいろのことをやって来た。これからも、わたしの人生には、同じことが繰返されて行くだろう。しかし、自分のやっていることの意味をどうしても知りたいと思った時があった。自分の現在やっていることが、空虚であり、無意味で無価値なものとしか思えなくなったことが、何度かあった。今のお前たちは、すべてのものごとを、降る雨のごとく受けいれている。だが、いずれ、もう少し大きくなったら、わたしのやって来たように、

自分のすること、すべきことに、意味を問う日をむかえるだろう。わたしとしては、どうやって、そこをぬけ出したか教えてやりたいが、その時お前たちは、わたしの話すことを聞こうとしまい。わたしとしては、ペリクレスが、アテネの市民に向っていったように、

ペリクレスのいうことを聴かないとしても、あのもっとも賢明な相談相手を待てば間違いはあるまい。
それは時である。

というのがせいぜいだ。

だが、それでも、書いておこう。現在、わたしたちが出会う、あるいは、している一つ一つのことがらは、それのみで意味を持つことはない。それは、一つのメロディを作りあげる音符の一つにすぎない。メロディが作りあげられることによって、はじめて、音符に意味があたえられるということだ。

わたしは、お前たち娘たちのことを書き、娘の学校の校長を名乗ったりしたことで、世の中の人から、子供の教育やしつけに対して、有益な意見の持主のように見られる

ようになった。それは少々オッチョコチョイの早まった判断だ。たしかに、わたしはわたしなりの意見を持って、お前たちに対している。だが、それがよいか悪いか、わたしのやり方でお前たちが立派に育つか、結局のところは、未だわかっていないのだ。わたしは、子供の時から、両親からも兄からも、お前はオッチョコチョイだといわれながら育って来た。

だが、世の中には、まったく上には上があるものだ。自分でオッチョコチョイと認めているこのわたしにも、オッチョコチョイな人間と見える人が、何人もいるのだから。

わたしが育ったのは、何度も書いたが、東京の郊外であった。すくなくとも、その頃は、郊外と呼ばれるにふさわしいところであった。わたしの住んでいる街には、馬鹿太郎と呼ばれる人物がいて、わたしたちは、何となく彼に怖れを抱いていた。彼が、どこに住んでいたのか、知らなかった。だが、学校に行く途中の道で、帰り道で、魚釣りに出かける道で、おつかいの途中で、わたしは彼とすれちがった。彼は大男で、分厚い上下の唇を持っていた。そして、その大きな、人の二倍も厚さのある唇は、彼にとってあまり役立たなかった。彼はオシだったのである。彼は、アー、アーとしかいうことはなかった。

彼の姿を、通りの向うの端にみとめると、わたしは、出来るだけ、彼の歩いている側と反対の側を、板塀に体をすりよせるようにして歩いた。そして、視線を彼から離さなかった。そのため、ドブ板を踏みぬいて、スネをすりむくようなことも起った。わたしある日のことだった。わたしは、その時も、彼と道でばったりと出会った。わたしは何か考えごとをしながら、地面を見つめて歩いていたのだ。

「アー、アー」

という声に、目を上げると、目の前に、彼が立っていたのだった。わたしは立ちすくんだ。動けなくなっていた。横手には、板塀をめぐらした大地主の家があり、その塀の内側から、わたしたちの頭の上に、ビワの色づいた実をつけた枝が、はりだしていた。彼は、わたしを見つめ、それから、その頭上のビワの枝を見上げると、

「アー、アー」

といった。わたしは黙っていた。怖れのために声も出なかったのだ。すると、彼は手を、その枝の方にのばした。大男の彼は、何なくその枝に手をとどかせることが出来た。そして、五、六個の実のついたビワの枝をもぎとると、わたしの手に、その枝を持たせた。そして、そうするが早いか、彼は、かけあしで姿を消してしまった。ふりかえりもしなかった。

わたしにとっては、それは通り雨に会ったにもひとしい出来ごとであった。わたしが、美都ぐらいの年齢の時のことであったろう。自分がそれから二十年後に、精神科の医師になっているだろう、などとは思ってもみなかった。それは、記憶から決して消え去ることの出来ぬ事件ではあったが、わたしの精神科医としての人生を決定したものではない。しかし、今、精神科医となって、その出来ごとを思い出すと、はかりきれないほどの意味を持っていることのように感じられるのである。

それから、しばらくして、わたしは、多摩川の軍需工場で作られ、廻送される途中の戦車に、馬鹿太郎がひかれて即死したという話を聞いた。のしいかのように、骨は粉々に砕けて、ペッタンコになった、と近所の大人たちが話していた。やっとこれで、子供たちを安心して外で遊ばせることが出来る、という声も聞かれた。わたしは、それを聞くと、一日中だまりこくっていた。そして涙を流した。それまで、ケガをしたり、ケンカでなぐられて泣いたことはあった。だが、他人の死のために、こっそりと一人で涙をこぼしたのは、それがはじめてのことであった。

わたしは、今は、はじめのうち漠然と馬鹿太郎に対していだいていた自分の恐怖感というものが、理由のない、無意味な恐怖であったことを知っている。それと、鎖国日本の人間たちが、百年前に外国人に対していだいていた漠然とした恐怖感と同じものであったことを知っている。そして、わたしは、今、その恐怖感とたたかわねばならない人間である。

わたしは、馬鹿太郎の死に涙を流した時に、自分が理由なく抱いていた、オシで精薄の大男に対して抱いていた、恐怖と侮蔑のいりまじった感情を恥じたり、後悔したりするほどの頭を持っていなかった。それに、どのような意味がある事件なのかも理解出来なかった。

だがそれ以後の人生が、その事件に、メロディの中の一つの音符としての意味を、今となってあたえるのだ。わたしは、精神科医として、患者の社会復帰のために努力している。その時に、つきあたるのが、精神病者に対して、理由なく人々がいだき持つ漠然とした恐怖感だ。

「先生、心配はないでしょうな。大丈夫でしょうな。太鼓判を押してくださいますか」

患者さんを退院させようとする時、世の中の人々にそういわれる。人が変ってもせりふは変らぬ。そして、わたしは自分が子供の時に、抱きもっていた感情が、自分のものでなく、社会の感情であったことを知るのだ。わたしは、その社会の感情から、馬鹿太郎とのめぐりあいという、幸福な偶然によって解き放たれ、自分自身の感情を持つことが出来たのだった。

そして、精神科医という立場から離れても、この社会的感情とよばれる、他のもろもろの理由ない感情、一人一人が持つ感情でなく、社会全体が持っている感情というものに眼を向ける。そして、それから解放され、自由な自分の感情を持ちたいと考える。たとえば、わたしの小さい時は、共産主義という思想は「危険思想」と呼ばれ、怖れられていた。それも、個人の感情ではなく、社会の感情であった。今、その社会的感情から解放された人間は多い。平和共存の中で、共産主義と自由主義を等分に並べて選択することも可能だ。逆に、共産主義国の人間が、自由主義に対する社会的感情から自由になっておれぬのが、皮肉にすら見える。

わたしが、医者にならず、人生が今とはちがったメロディを作っていたとしても、子供の時のあの体験は、社会的感情から解放されようとする傾向を持ったわたしの中で、メロディの一部をなす音符の意味をあたえることが出来るだろう。

お前たちも、出来たら、お前たちに今起っている出来ごとを、それだけで判断し、意味をつけ、悲しい出来事とか、嬉しい事件だとか、よかったとか、悪かったとか、いわぬようにするがいい。

さて、ここで、もう一度、いいことと、つごうのいいこととの問題にたちもどることにしよう。

わたしは、精神科医を業とするようになってから、しばしば、子供の行動のことで、母親の相談を受けた。その大部分は、

「あの子は、小学校までは、非のうちどころのない、いい子だったのです。でも、中学から、高校にすすむうちに、手におえない悪い子になったのです。昔のようないい子になおしてもらいたい」

と、たのみこみに来た母親であった。その母親たちを見ると、女性は何と利己主義者が多いのだろうと思った。お前たちは、全部女だ。そこでわたしは、お前たちも、このような利己主義の母親にならないでほしいと思う。彼女らは、自分の子供が、いい子であったという。そのいい子とは何だろうか。いうことをよくきき、親に心配をかけず、世話もやかせない。ほうっておいても、一人でよく勉強をする。つまるところは、母親にとって、つごうのいい子を、めんどうなことのない子を、いい子というだけのことではないか。

そこで、わたしは、手におえない悪い子というのに会う。

「おふくろ、そんなことといってんのか。こまっちゃうな。そりゃ、今でも、いい子の芝居を続けりゃ、おふくろは満足するだろうさ。でも、幼稚なんだな、あのおふくろ。テレビのホームドラマなんか見て満足しているだけでさ。今までだって精いっぱい、あのおふくろの喜びそうなことをやって来たけど、おれだって、自分のこと、マジメに考えなきゃならないものなあ」

彼らは、いい子のお芝居を続けることに、飽き飽きしはじめている。そりゃ、彼らも若い。失敗もしかねない。だが、とにかく、もうママごとの母子遊びに飽きてしまっている。いい子ゴッコに飽きている。それを母親が気付いていないだけなのだ。そして、反抗するのだ。その反抗を、自分につごうが悪いから、やめさせようと思う。自分の手におえぬから、誰か自分よりも偉そうな人間を探して、その人の手を借りようとする。それは母親の利己主義だ。

そのことを、ハッキリと知ったのは、お前たち娘を育てながらのことだった。わたしは、子供を持つ前から、そのことについては、心理学を学ぶことで知っていた。だが、いつ、自分の子供が、どのような形でそれを示すか、わからなかった。わたしは、お前たちを、いい子だとおだてあげ、煙草を買いにやらせ、買って来ると、「よし」とほめた。はじめは飴玉をやり、物質的魅力でつり、そのうちに「ありがとう」の言葉だけで満足させ、少しは無償の善行をおぼえさせた気になり、一方では教育的パパの責任を果したつもりになり、他方では、「娘というものは、まあ、犬よりも便利なところがあるわい」と思っていた。

由希が、六歳の頃であったろうか。ある日、いつものように、煙草を買いにやらせた。わたしは、いい子だ、ありがとう、といおうとした。すると由希は、無感動に、煙草とおつりをわたしの手にのせるといった。

「パパ、ありがとうも、いい子だも、いわなくていいよ。煙草買いごっこ、もう面白くないよ」

わたしは、一瞬、当惑を感じた。自分の下手な演技が、いったい、いつから見破られておったのかに気付かなかったこと、そして娘の演技に、だまされていたことに気付かなかったこと、その二重の敗北感みたいな感情におそわれたからであった。

わたしは、それから、二番目の美都や三番目の千夏に煙草買いを頼むようになった。

由希、お前は、おそらく、その日のことを、もうおぼえておるまい。それは、子供のおどろくほど鋭い皮肉な、大人の世界に対する発言の大部分のように、熟考されたものでなく、ごく自然な、スポンターンな、偶発的なものであったのだろう。それは、お前には、事件と呼ぶほどではない、とるにたらぬ出来ごとにすぎぬかも知れない。

だが、わたしには忘れられぬ。

世の中にも、この母子関係の中で起る、よいことと、つごうのよいこととの混同は、しばしば起る。たとえば、今、しばしば起っている学園紛争についてもいえる。学校側が、自分につごうの悪いことを悪としているところは、ないであろうか。教授たちも、学園の自治を長年の間、口にして来た。だが、それは、むしろ自分たちの、学問の自由、研究の自由をまもるためで、学生が学園の自治を叫ぶことは、自分たちにつごうのよいことだった。今、学生の攻撃にあっている教授の中に、昔の学生運動に同情的だったものが、どれほどいるだろう。今、反対するのは、自分につごうが悪くなったからだけではないのか。

人生の善悪、道徳とよばれるものについて、お前たちも、一度はよく見つめ、考えぬき、つごうの悪いものを悪とする、社会の手品師的な巧妙なすりかえに、ごまかされないようになるがいい。というよりは、それを見破った子供の眼を、失わずに持ちつづけろというべきなのかも知れない。

むしろ大人は、子供に教育をするつもりになって、いつの間にか善悪遊びのとりこになってしまうものかも知れぬのだ。それが、皮肉なヴォルテールじいさんに、わたしたちのやって来た時、この世の中には無知と意地悪がみちみちていたが、それは、わたしたちの立ち去って行く時にも、変るまい。

といわせた原因ではなかろうか。

どうも、この人生論教室は、ちょっと反道徳的傾向が強くなって来たようだ。無政府主義のにおいがする。困ったことである。こんな人生論を学ぶと、かえって、幸福な人生など、おくれなくなるかも知れない。しかし、それは、物ごとを知ろうとする人間の運命だ。幸福とは何かを知ろうとする人間は、幸福から離れるほかはないのだ。なぜなら、古人のいうように、

「考えなしに暮すのが、もっとも幸福な生活である」

からだ。幸福であった出発点から、幸福とは何かを知ろうと考える人間は出発する。何と皮肉なことだ。そして、

それ、知恵多ければ、憤激多し、知識を増すものは、憂患《うれい》を増す。

という、伝道の書のようなことが起る。自然にそうなるので、いかに意地悪な父親であっても、これだけは、意地悪でやっているのではない。

さて、人生論教室というものは、なかなか終らせることが出来ないので困る。教えつくそうとして、教えつくせないのが、そもそも人生というもの、価値ある人生はなにかを学ぶより、ともかく、やってみるべきものなのだから。だが、人間は、とかく人生論にとびつきたがる。他人の人生論なんて、たとえそれが、自分の実の親のそれであっても、書かれたものは、ショーペンハウエルがいったように、砂の上に残った歩行者の足跡以上のものではない。歩行者のたどった道は見える。だが歩行者がその途上で何を見たかを知るには、自分の目を用いねばならぬ。百の人生論を読むために、自分の一生をついやすのは愚行だ。五十でも未だ多すぎる。三つでも、消化不良を起す。二つ、いや一つすら、全部では多すぎる。ヘシオドスは、

「半ばは全体にまさる」

とすらいった。人生論には、この格言が一番あてはまる。あとの半分は、自分でやってみるのがいい。

それには、たった一つ、失敗恐怖症にならぬことだけが大切だ。何かをやろうとす

る時、神様じゃあるまいし、人間のやることに、失敗はつきものだ。だが、世の中の人間には、絶対に失敗をしまいと、何事にも身構えるものがいる。失敗するよりは、しない方がましだと考える。一回で進学の試験に成功し、一回で就職に成功し、一回で結婚に成功し、一回で子供が出来（これは、ちょっとアイマイないい方だが、わかる日が来れば、これで充分に明白にわかる）、そうしたとんとん拍子の成功の連続を、とかく人間はのぞみがちである。うらやみがちである。そして、成功談を聞きに、人々はむらがり集まる。かくして、人々は、人生の先を急ぎすぎる。失敗の、遠まわりの道を、人生のムダあしと見る。そして、成功の準備と称する足踏みに、いくら時をついやしても、それをムダあしとは考えない。

お前たちにのぞむのは、真理を知ることではなくて、ウソでもいいから、それを確かめてみることの方だ。そもそも、ただ一回の成功で、いったい何を確かめることが出来るだろう。

人間は、あることを成功させようとする時、そのために出会う失敗の数によって、はじめて困難さや、偉大さを確かめることが出来る。

わたしは、お前たちに、人生論を書きはじめた。書きはじめたところで、この人生論は、もう、おしまいにする。おしまいにするところで、トロツキーが、彼の自伝の中で、人生について書いた一言を書きとめておこう。

シェークスピアの戯曲では、悲劇と喜劇とが、かわるがわるやって来る。なぜかといえば、人生では偉大なものと、卑小なものとが結びついているからである。

穴居人的心情を求めての人類学教室

引越しと夜逃げの精神は、
マイホームという人生の墓場を
求める気持に抵抗する。

最近、結婚後、五度目の引越しをした。由希と美都の二人の娘は、その頃、フランスに行ったので、帰って来るのは新しい家の方ということになる。第四回目の引越しは、わたしがヨーロッパに医学研究の留学中のことだった。わたしが日本に帰った時、家がなくなって、行きどころがなくて困るのではないか、と三女の千夏はだいぶ心配したようだ。千夏は、引越し前の家をパパの家と呼び、新しい、わたしの留守中に越して来た家を、ママの家と呼んでいたので、パパの家の方が、新しい人々が来てふさがったという話を聞くと、わたしのことを思って心配したのだった。

第三回の引越しは、家内が娘たちを連れてフランスに里帰りをしている間に、わたしが一人でした。羽田まで、家族を迎えに行き、

「新しいお家って、どんな家?」といわれたおぼえがある。

第二回の引越しは、留守のものは誰もいなかった。だが、次女の美都が生まれかかっていて、美都は、引越し前に生まれてやろうか、その後にしようかと、だいぶ迷ったであろう。

四人の娘たちは、みな、別々の家で生まれた。本当は、病院で生まれたのだが、そういってもよいだろう。由希は東中野で、美都は武蔵境で、千夏は江戸川橋近くの水道端町で、美樹は、飯田橋で生まれた。このぶんで行くと五番目が生まれなくてはならぬが、もう助けてくれといいたい。そもそも、引越しそのものが、新しい子供の誕生によって、家がせまくなったり、赤ん坊が生まれるのなら、出て行ってくれと大家にいわれた結果なのである。

だが、わたしにしろ家内にしろ、落着かぬ人間であることも確かだ。結婚する時、自分の持ち家をほしがるのはやめよう、家を買うと、家にしばられて、自由にどこにでも行く気持にならなくなる、一生、借家でがまんしよう、とお互いにいいあったものだ。わたしたちは、自分の土地を持ち、そこに家を建て、木を植えて、という生活を憎んでいた。いつでも、家をたたんで、世界のどこにでも引越しができるような気持でいたかった。その自由を、所有したものに対する執着によって失うことは、愚なことであると思った。そもそも、地上の生活そのものが、仮のものという気分であった。

だから、二年ほど前に軽井沢に土地を買い、そこに別荘を建てた時も、わたしたちは、はじらいを感じた。借家住いをしているくせに、別荘を持つとは、と、他人にいわれはせぬか、というはじらいではなかった。だから、家内も、「いかがでございます。猫の額ほどでも自分の土地を持ったという、地主様の御気分は」とわたしをからかったものだった。

わたしたちは、十余年前の自分たちの約束を思い出し、こんな時、満足そうに顔を見合わせる夫婦とはほどとおい、ゆううつそうな顔付きで、言葉すくなく、火山灰の黒い土を見つめたものだ。

わたしと、娘たちの母親、つまりわが娘の学校の生徒であるお前たちの母親、つまり、その、わたしの家内とは、十数年前パリで出会った。わたしは、一年間パリで生活していた。家内も大学で勉強するため、そこで寮生活をしていた。そして、二人とも、ブレーズ・サンドラスという奇妙な作家に夢中になっていた。正直にいえば、サンドラスの本を読めといって貸してくれたのは、彼女であり、わたしは一度はちゃんと返したのだが、その本は、再びわたしのものとなることになった。どうも、こういうことは話すのが照れくさいので、めんどうな、まわりくどい、持ってまわったいい方となるが、気のきいた人間なら、すぐにわかるはずだ。

その、サンドラスという詩人は、生涯の間、ほとんど定住ということをしなかった。彼は、数年間で、二十七、八回、引越しをしている。日本でも画家の北斎だったかは、一生の間、百回近く引越しをしたそうだから、その点では、日本人も世界的な記録保持者を持っていることになる。サンドラスのことは、最近、出した詩集の中にも書いた。ともかく、二人とも、この作家に夢中であったので、決して、マイホームなどを、金を出して買うまいと、ちかったのである。いつちかったか、結婚式のその日であったか、それ以前に、もうちかってしまっていたか、などとつまらぬ詮索はせぬがよい。

かくしてわたしたちは、結婚後、引越し、子供をうみ、また引越し、そこでまた子供をうみ、という生活を続けて来た。そして、ついに五度目の引越し先は、何の因果か、借家でなく、借金して買いとった自分の持ち家ということになった。借金は山ほどあり、半分しか自分のものとはいえぬが、わたしと家内は、自分たちのちかいが破られたことを、どのような感情を持って見つめているか、察してくれねばならぬ。そもそも、持ち家主義なんて、これほどくだらぬものはないのだ。これは、政府の住宅政策の愚にもつかぬ責任のがれのインチキのたわごとなのだ。安い賃貸しアパートをたくさん作れば、一生持ち家などは不要なのである。そして、一生、引越し続けられるのである。高台が好きならば高台に、田園がよければ田園に、つとめ先が遠ければ近くに、海のそばで一、二年暮したくなれば海の近くに、安いアパートを求めて引越し続けることが出来れば、これほど幸福なことはない。ところが、現在の家賃はべらぼうに高い。山ほどの借金を背負い、その利子と元金を月々払う。その倍ほども家賃を払わせられる。世間では、決して低くないとされている医師の給料は、民間の五間のアパートの家賃を払ったら二万ほどの赤字となる。借金をして家を買ったのは、こうした現実に、激怒し立腹したからである。一国の政府たるもの、わたしの一生引越し主義を可能にさせるものでなければならぬ。その政府の貧困が、家つき、カーつき、ババアぬき、なんて、およそくだらぬことを、若い女性にわめかせることになるのだ。何だか、調子がおかしくなって来た。

五度の引越しの間、たしかに、引越し貧乏という言葉の意味を、わたしは味わった。

三度の引越しは、一度の火事に価する。

これは、ベンジャミン・フランクリンの箴言だが、彼によると、わたしたちは、一度の火事と、更に半焼くらいの憂きめにあっていることになる。今、自分のまわりを見廻すと、結婚した時の家具は、何一つ見当らぬ。ダブルベッドは、第二回の引越しの時に、新しい家には入らぬという理由で、知人にあげてしまった。安楽椅子も、洋間がなくなるということで、運送屋に、チップがわりに持って行かせた。結婚当時のもので、残っているのは、わたしと家内くらいである。両方とも、少々古びて。時には、二人のうちのどちらかは、運送屋にチップがわりに持って行ってもらい、新しいものにしたい気持が、心の中に浮かぶ時もあるのだが、それが誰の心だかはいわぬ。

ともかく、フランクリンの言は、正しい。おそらく、彼も引越し魔であったのであろう。

かくして、お前たち娘たちの留守の間に、引越しをして、半分ばかり自分の家の所有者になったわけだが、しかし、引越し主義を変えたわけではない。それで次のような転居通知を印刷せしめた。

わたしども、今回、結婚後、第五回の引越しをすることになりました。住所録、電話番号簿の書きかえなど、いろいろお手数をおかけしますが、おゆるしください。なお、今後三十三回引越しをするつもりでありますので、まえもって、御迷惑をおわびしておきます。

わたしは、そのすりあがった転居通知を見て、意気けんこうというところであった。

そして、いよいよ、引越しの日が来た。いろいろのつごうがあって、その日がきめられたわけだが、それが土用の丑の日であった。土用の丑の日に引越しするなどという古人のいましめがあったかどうかは知らぬ。だが、この頃は、日本では、一年中でもっとも暑い日である。その日中に、引越し荷物を運びおろしたり、運びあげたりすることになった。ああ、なんたること。見送る人間はステテコ姿であるのに、見送られる人間の方は、自分もステテコ姿になるわけにまいらぬ。

ここで、お前たち娘たちにいいわたす。これは教訓などというなまやさしいものではない。遺言である。

お前たちも、この親の子だ。引越し狂となるのはさしつかえないが、土用の丑の日にだけは、引越しをするでない。

いっさいがっさい、これは不要だから置いておこうと思ったゴキブリまで新しい家にはこびこみ、ほっとして、再び転居通知の今後三十三回引越しの予定の文句を見直した時には、いささか、ゲッソリとした気持になった。わたしは、うそは嫌いです。正直に告白する。本当にゲッソリした。だが、それは、三十三回の引越しの予定をあきらめたことではない。

この次の引越しは、夜逃げという簡便な方法をとる以外にはないな、と、そう思った。それが、結論であった。夜逃げ、という日本語の響の美しさについては、前に、何かの機会に書いたことがあると思う。フランス語では、直訳すると、木製の鈴式の引越し、という表現が、日本語の夜逃げにあたる。明快、簡潔を誇りとするフランス語にして、こんないいまわしだ。「夜逃げ」とは、そのものズバリの表現だ。これ以上、短くすることの出来ない、手短さだ。そして、いうにいわれぬ響もある。木製の鈴式の引越しでは詩にもならぬ。

ともかく、わたしは、その時、夜逃げのことを思い出したのであった。わたしは、夜逃げという言葉に、不思議なあこがれのような感情を昔からいだいていた。六歳ごろだったか、一夜すると、隣の家が空になっていた。その家の主人は、バクチウチだという話だった。私より年上の女の子が二人おり、わたしは彼女らに可愛がられていた。ただ、気にいらぬのは、わたしの本名はシゲルというが、その最初のシの字だけを取って、わたしを「シーサン」とか「シー坊」とか呼ぶことであった。中国へ行けば、シーサンは先生のことらしいから、医者になって人々から先生と呼ばれる前から、先生と呼ばれていたことになる。先生と呼ばれて気にくわんか、というものもあろう。

だが、わたしは、中国に住んでいるわけではない。シーという語には、日本では、ある連想がとりまいている。そもそも、四女の美樹は、シーというとあらぬ誤解を受けると思って、イチ、ニ、サン、ゴ、とシーをとばして数えたことは前にも書いた。ちょっと横道にそれるが、美樹は最近、おの字を何にでもつけるようになって、あのことを、オシーなどといって、わたしたちを混乱させる。

ともかく、「シーサン」とか「シー坊」とか呼ばれるのは嫌であったが、それをのぞいては、やさしくて親切な姉妹であった。その姉妹を含めて、バクチウチ一家は忽然と一夜のうちに姿を消したのであった。それから十年ほどして、わたしは芸者姿の二人の姿を見た。わたしが、夜逃げという言葉を、人々の口から聞いたのは、それがはじめてであった。その時、この言葉の、ひややかな、影のような感触に魅せられてしまったのかも知れぬ。一生に一度、「夜逃げ」というやつをやってみたい、幼い心の中に、そのような欲求がわくのを感じた。そして、この欲求は、いつの間にやら大人となったわたしの心の底に残っている。

ブレーズ・サンドラスという詩人が好きなのは、彼が夜逃げの話を書いていることにもよる。『放浪船』という本の、アンヴェールという章にも、彼は夜逃げの話を書いた。キセニヤというロシヤ生まれの女子学生が、愛人から別れたがっていたが、その夜逃げを友人コルサコフと手伝った話だ。

夜、十一時だった。おれはパンテオン広場の警察署から二歩ばかりのところで見張りに立った。コルサコフは仲間の五、六人の水夫と、三台の手押し車をもって現われた。手押し車は歩道に置いた。彼らの一団はオテル・デ・グラン・ゾオンム(立派な殿方のホテルという安宿)の中に消えた。少しすると、通りに面したよろい戸がきしみ、五階の一室に明りがついた。コルサコフたちは、キセニヤの荷物をロープにしばって、おろしはじめた。トランクや鉄製の行李が、他の階の開け放たれた窓の前をおりて行くと、他の部屋のよろい戸はきしみながら開き、他の窓に明りがつき、消えた。そして、下の歩道に残っていた仲間の一人は、おりて来る荷物を、上も下もなく片っ端から手押し車に積みあげた。おれは、というと、その大騒ぎを見つめていたが、ホテル全体が袋につめこまれて持って行かれるような感じがした。だが、感嘆しているひまはなかった。すでに作戦は終了し、車は消えさり、連中はかけあしで逃げ、われわれは医学校裏のデュペーロン通りにある石炭屋に集まり、ポケットには手間賃のいくばくかの金を、そして手に手にコップを持ってカンパイ、というあんばいだった。そこに馬車に乗り、微笑をたたえ、荷物をきちんと車に積みこんで、キセニヤが現われた。コルサコフが馬車にとび乗った。御者がムチをくれた。恋人同士のようにだき合って、その二人はダントン広場の方に消えうせた……。

そいつはパントマイムだった。手品だった。こんなにうまく演じられた芝居を、おれは見たことがない。おれたちは、店から出され、石炭屋はよろい戸をしめ、ガス灯を消した。手伝いの連中は、ちりぢりばらばらになった。二度と見ず、二度と消息を聞かなかった。すべては、半時間とかからなかった。……おれは一人、その袋小路のようなところに残った。一匹のクロ猫が、おれの足に体をこすり寄せ、のどをゴロゴロいわせた……

サンドラスは、三十年後に、エトワル広場の近くで画廊を開いているキセニヤにめぐりあう。三十年後にだ。

その夜逃げの話は、わたしの子供の頃の思い出を呼びさました。

数年前、わたしは再びパリに一人で行き、数カ月後、傾きかかったモリエール街の安宿の四階に住んだ。その窓から、下を見おろすと、わたしは、サンドラスの書いた夜逃げの話を思い浮かべ、やってみたい、やってみたい、と思っていた。そうしたら、ホテルの管理人は、どんな顔をするだろうか、と思って、ニヤニヤした。ところが、ある日、管理人の方が夜逃げしてしまった。忽然と、一夜のうちに、犬まで連れて消え去ったのだ。わたしは、やられたな、と思った。店子が逃げるのが普通だが、大家に逃げられたのだから、ビックリシタナ、モウ、といいたいところだった。

それらのことなどを、五回目の引越しをおえて、山のように雑然と室内に積みあげられたままのダンボールや、ひもでくくられて投げだされた本などの間に、わずかに残されている空間を見つけて腰をおろすと、思い出し、今度は、今度は、夜逃げだぞ、三十三回夜逃げだぞ、と痛みはじめた肩をさすりながらつぶやいた。今度は借家ではない、自分の家だ、白昼堂々と引越してもとがめられぬのだから、夜逃げをはばかる必要が、どこにあろう。

ここでお前たちにいおう。人間には、たしかに、自分の家を持ちたいという欲望がある。安定をのぞみたいという気持だ。その安定とはいったい何なのだ。ようやっと、自分の家を持てた、一生の間、じっと動かないで住む小さな場所、自分の入る穴を見つけた。そこでほっとする。それは数万年昔の、穴居時代の、家と墓とが同じものであった時代の人間から、われわれの無意識の中に伝えられた感情ではないのか。

わたしは多磨墓地の中を歩いていた時のことを思い出す。昔の有名な軍人や政治家や実業家の名前のほられた墓石の間を、歩いていた。いくつかの墓石に、まだ生きていると思っていた人の名前を読んでおどろいたのであった。何時の間に彼らは死んだのだ。昨日も、新聞で彼らの名前が、彼らが生きて活動している証拠となる記事の中に出ていたではないか。彼らは死んでいなかった。彼らの墓石の文字は赤い色で書かれており、それは彼らの生存を意味することを、わたしは未だ知らなかったのだ。わたしは、そうした墓地のしきたりを知って、何か身ぶるいするような、憂うつな感情を味わったのである。生前に、自分の墓まで作っておかなければ、安心して生きて日々を送れない人々が、この地上にいる。そう、たしかに、われわれは、もはや穴居人ではない。そうした生活から、何千年も前からぬけ出した。鉄筋の百メートルを越える建築を作り出すような文明を誇る人間になった。何万キロも離れた人間の姿をテレビでうつし出すことが出来るような人間になった。

だが、どれほどわれわれの現在の上に、文明が堆積していようとも、われわれが裸になってみると、その姿は、穴居人と大した変りがない。そして、われわれが、それと知らずに持つ感情は、どれが穴居人時代の本能と結びついているものか、判別しがたいほど、現代の生活の中に入り組んでいる。この本能が、ネクタイをしめ、車に乗り、特急エレベーターで数十メートルを上り下りし、冷房装置のついた部屋のふかふかのふとんの上で眠りながら、悪夢のように、顔をのぞかせる。お前たちが、落着きたい、狭いながらもわが家を持ちたいなどという気持にとらわれる日があったら、お前たちは、穴居人の心情にお前たちの心情が逆もどりしたがっているのだと思うがいい。

三十三回の引越しをのぞむ心情は、穴居人ほど古くはないが、遊牧民の心情ではないかと悪口をいうものがあるかも知れぬ。しかし穴居人の心情と遊牧民の心情の距離は、遊牧民と現代人の心情の距離にくらべたら、問題にならぬほど大きい。トインビー的にいえば人間の歴史は、人間が自然と向い合い、自然に挑戦した、その挑戦の記録なのだ。人類の歴史は、民族の大移動の歴史でもある。そもそも、記録というものを人類が残さなかった時代からの、生物としての人類の歴史を考えると、遊牧民は、近代に属する。

引越しと夜逃げの話から、何か、ごちゃごちゃと難しい話になって来た。

こんな大げさな書き方をして、力んでみせているが、実をいうと、お前たち娘たちを、新しい家、新しい土地へとひっぱりまわしながら、しんみりとすることがある。その時になると、サローヤンという、アルメニヤ生まれのアメリカの小説家が書いた「むなしい旅の世界とほんものの天国」という、短い小説を思い出すのである。父親と男の子の二人が、引越しに引越しを重ねて行く話だ。ブレーズ・サンドラスの放浪や夜逃げの話を読むと、元気が湧き、明日にでも、もう次の引越しの計画をたてようか、と思うのだが、サローヤンのこの小説を読みかえすと、正直にいって、お前たち娘のことを考えて、しんみりとした気分になる。

この小説は、九歳の少年が木のぼりをして、友人の少年と遊んでいるところに父親がやって来る。そして木の下から、「さあ、おりて来るんだ」と声をかけるところから始まる。


「ねえ、グレッグ」とぼくはいった。「出かけなくちゃならないんだ」

「お願いだから、おりて来てくれないか」

「グレッグにさよならいっちゃいけない」

「いいよ。そのかわり早くしなさい」

「どこへ行くんだい」とグレッグはいう。「知るもんかい」とぼくはいった。「じゃあね」とぼくはおりかけたが、グレッグは身うごきもしなかった。

「また帰って来るの」とグレッグはいった。

「一ぺん、さよならした土地へ、二度ともどることなんか、まだ、やったことないさ」とぼくはいった。「もう、二度と、この樹にも、会えないだろうな」

二人の少年は、木の下で待っている一方の少年の父親の前で、そんな会話をする。

ぼくは彼に手を振って、大声で声をかけた。「あばよ、グレッグ」すると彼も手を振って、多分、何か叫んだらしいが、ぼくには聞えなかった。それから、ぼくたちは、車に乗り、もう夕方の六時になっていたが、また引越しの旅に出た。

ぼくは、これが最後だと思って、丘を見上げ樹を見上げた。そして、もう一度、樹と、樹のうしろに沈んで行く夕日と、高い樹の梢近くで手を振っているグレッグの姿を眺めた。

「ほんとうに、かわいそうだな」と父はいった。

「大丈夫だよ」とぼくはいったが、おそらく、ぼくのそういった声は、うわずっていただろうと思う。父はぼくの体に手をまわして無言だった。ぼくは、もう少しで泣き出しそうになった自分に腹が立った。

いじわるいほど鋭く、このサローヤンの小説は、わたしの心につきささった。引越しをし、お前たち娘どもが、日頃ケンカをし、泣いたり、わめいたりしあった近所の子供たちと、バイバイと手を振り、そのことまでが、毎日の遊びの続きの一つにしかすぎぬように、はしゃぎあう姿を見やりながら、一つの土地を立ち去らねばならぬことの意味を考えると、自然と無口になるのであった。あのサローヤンの小説に出てくる父親のように。

由希は、前の江戸川アパートの住人の男の子の一人と、仲良しになっていて、結婚するのだといっていたものだ。引越しをしても、遠く離れたところに行くわけではない。しばらくの間は、遊びに行ったり、来たりすることも出来るだろう。そうするにちがいない。だが、それが長続きしないものであることは、父のこのわたしの方が知っている。お前たちには、未だそれがわからない。だが、いつかはそれを知る日が来るであろう。その時には、自分たちの、いくつかの引越し、それもサローヤンの小説のそれとくらべたら、いささかチャチで（形だけは、こちらの方がぎょうぎょうしく大げさだが、詩的な壮大さの点ではむこうが大きいという意味だ）、見おとりのするものだが、それを思い出して、この小説を読むがいい。

この小説は、彼の『The Whole Voyald』という本の一番最後にあるものだ。このVoyaldという言葉は、辞書に見つからぬ。Void空虚、Voyage旅、World世界の三つの言葉をちぢめて一つにしたものだからだ。

わたしは引越しをこばむ人間の心情の底に、自分の住居であり墓である穴を求めねば安堵出来ぬ、穴居時代の古い心情が生きているのだといった。だが、その穴は、形を変えて、実は現代社会の中にもある。ラカンというフランスの精神分析学者は、この穴の意味を研究し、語って来た。彼は、講演会で、いつも穴の話をした。そういえば、戦争中、わたしたちは、いくつもいくつも穴を掘ったものだ。たて穴、よこ穴、ななめ穴、それらの穴を掘りながら、何か説明の出来ぬ安堵感を感じたものだ。ラカンにとっては、女性は男にとって穴的な存在だ。そういっても、変な想像をして、なるほど、穴かなどとつまらぬ感心をしてはならぬ。穴を掘ると水が出る。井戸も泉も穴だ。女も、そのような意味で穴なのだ。穴の奥から子供が生まれる。生命という水が湧き出す泉だ。だが、願わくば、この地上は自由に動くことの出来る泉、動く穴であってほしい。

社会は砂漠である。そして、いよいよ砂漠となりつつある。だが、そこにオアシスがないわけではない。

砂漠へ近づくということは、オアシスを訪ねるということではなくて、一つの泉をぼくらの宗教にすることだ。

そう書いたのは、サン＝テグジュペリだ。

われわれが、砂漠化した社会で女に対する時、同じようなことがいえる。ただ、女を宗教とするのではなくて、愛とするのだ。しかし、しばしば、地上の女は、自分の奥底にあるものを忘れる。自分自身が泉であることを忘れる。そして、マイホームなどという乾いた日かげを僅かにたたえるだけの穴によって、自分の代理をさせる。カーテンの色に、壁の色に、家具に、心を傾ける。

だが、人間にとって、穴はそれだけではない。社会の中で、生きている間に、われわれが穴を掘ったわけではないのに、われわれは砂あらしに見舞われたあとのように、すっぽりと土の中に埋まっている自分を見出す。そこからぬけ出してみる。穴が残る。自分の体にぴったりと合った穴だ。ぴったりしているから、その穴に入れば、何やら安堵の気持が得られる。毎日の日常の生活が、そやつだ。あなたの御主人は、おやさしい方ですね、などと近所の人にいわれる。すると、夫は、やさしい主人になった時にだけほっとする。あの人は信頼できる、きっと浮気などしませんよ、そういう声が耳に入る。すると、浮気心がふと浮んだ時、いい知れぬ不安にとらわれ、もとのマジメ亭主にもどる。

現代の人間は、結局、そうした目に見えぬ穴の中で、穴居人間的な心情を、そのまま抱きながら生活している。うそだと思ったら、もう一度、自分のまわりを、眺めまわしてみるがいい。お前たちのまわりだって、そうした、自分で掘った穴でないものが、作られかけている。そして、その穴を何時の間にかめぐらしたもの、それを体制とか組織とか呼ぶのだが、それはわれわれに、その穴で暮せ、その穴から出るな、その穴で暮すことが、しあわせなのだという。それは、しあわせなどではない。穴居人の安堵感にすぎない。間違えるな。これはとても、とても大切なことなのだ。

わたしが、あと三十三回引越しをするぞ、とわめいたりするのは、ただ、この地上を歩きまわっていたいからではない。この穴居人の、古代的な、化石的な安堵の感情から、のがれたいだけだ。

このところは、少しばかり難しいかも知れない。具体的に話そう。たとえば、社会の中には、いろいろと儀式めいたものが残っている。原水禁大会というものがある。そのはじまりはよかった。だが、この運動もいつの間にか儀式化した。体験者を、英雄のように扱うことで、見世物化した。千羽の鳩を飛ばし、黙禱し、線香の煙をあげ、そして分裂した。

わたしが、もっとも希望を托している進歩派という人間までが、自分の穴にはまりこまねば安堵しない。その形にはまった儀式的なもの、それが、穴なのだ。

その穴から出るために、ただそのために、お前たちも、一生の引越しと夜逃げのプランをたてるがいい。誤解のないようにいうが、それが、アナーキズムという精神を持つことなのである。日本だと、アナーキズムという言葉は、とかく、誤解されやすい。爆弾でも投げる人間だろうと、すぐに思われがちだ。

サローヤンは、『一作家の宣言』の中で、自分の無数の引越しのあとを回想しながらいっている。

作家は、精神的アナーキストだ。誰もが、その魂の奥ではアナーキストだが、彼はあらゆるもの、あらゆる人間に不満を感じる。彼はあらゆる人の親友であり、ただ一人の真の敵である。善良で偉大な敵だ。彼は群集といっしょに歩かないし、群集と声を合わせて叫びもしない。真の作家は、とどまるところなき反逆者だ。お前たちの父であるこのわたしは、その作家の一人だ。アナーキスト、つまり無政府主義者（無秩序主義と呼ぶ方がふさわしいと思うが）を名乗るのは当然のことだ。ただ一つ、いっておかねばならぬ。お前たちは女だ。わたしの娘だ。お前たちは穴だが、それは泉としての穴だ。それは、一人の人間がスッポリと入るような穴であってはならぬ。男は自由を求める。そして歩きまわる。

ぼくも実は知らなかった。自分がそれほどまで、泉の囚われだとは。ぼくは疑ってもみなかった。自分にこんなに僅かな自治しか許されておらぬなんて。人間は、たいてい信じている。人間は、思い通りに、真直ぐに突き進めるものだと。普通人は信じている。人間は自由なものだと。

人間には見えない。人間を井戸につなぐなわを。井戸から一歩遠ざかったら、人間は生きてはおれぬ。

このサン＝テグジュペリの文章の井戸と泉を、女という字で置き換えてみるがいい。

男にとって、女が意味するものが、そこに書かれている。
だが、悲しいことに、最近の女性はそうした自覚がない。涸れた井戸のような穴、穴居人的感情に安堵をあたえるだけの穴にすぎなくなりつつある。それだから、結婚は墓場だと、わめく男が現われる。
お前たちが、もし、自分の永住のためのマイホームなどを持ちたい、という気持を、ふっと抱く時が来たら、その時は、ニューヨークのある墓地会社のスローガンだったという、次の一行を思い出すがいい。マイホームも墓地も、資本主義社会では、同じ商品なのだから。

葬るはここ。一握りの地所求めたまえ。

死体はじゃまだったら埋めるがいい。だが、人生は、何もはやばやと葬る必要は少しもない。

ヒューマニズムと
非条理を論ずる
反哲学教室

心臓はもらえる、
だが脳はもらえない。
のこりの部分が、脳にもらわれるのだ。

テレビのニュースを見ていると、三女の千夏が、わたしのまわりで騒いでしかたがない。千夏は、今、ある反抗的な季節をすごしている。精神科医のわたしのことだから、ちゃんと知っている。

「こら、騒ぐな」

知っているが、うるさくて、アナウンサーの声が聞えないので、わたしはどなった。

「いやだ」

千夏は答える。そして、わたしの前に立って、顔を見つめる。日大の学生がデモをして、石を投げているテレビの画面が、千夏の体がじゃまで見えなくなる。

「こら、そこに立ったら見えんじゃないか。どけ」

「いやだあ」

またしても、同じ答えだ。

それを聞いて、家内が、私にはあまり、日頃聞かせたことのない、やさしい声を出す。

「千夏。パパ、テレビ見えないでしょう。ちょっと考えてみたら」

「やだ」

やだ、といい出したら、とまらない。そこは、こわれたレコードといいたいところだが、つむじまがりの千夏は、いやだ、やだ、いやだあ、と僅かずつでも、ヴァリエーションをつける。「ちょっと考えてみたら」なんて家内は考えもなしにいうが、ちょっと考えるなんてケチなことをせずに、千夏はうんと考えているのだ。だからヴァリエーションをつけて、反抗する機械となることに、一種の抵抗を示すのだ。この千夏が、将来三派系全学連に入るようになれば、角材とヘルメットと二〇三高地的突撃ばかりでなく、戦術もヴァリエーションに富んだものになるであろう。

「よし」、わたしは、お前の返事を聞くと考えた。どんな場合にも、作戦は必要だ。やだを、このままでは、百ぺん繰返させたってラチがあかぬであろうと、すぐに理解したからであった。

「いいよ。これから、パパも、千夏に何かたのまれたら、いつでも《いやだあ》というからね。千夏と同じだもの、それでいいだろう」

お前が、わたしの顔色を、こうした場合に、じっとうかがっているのは、わかっている。いやだ、と繰返しながら、わたしがついに腹を立てるのを待っているのだ。怒って、立ち上って、ニュースを見るのも忘れて、お前を追いまわそうとする。そのぎりぎりの瞬間を見定め、そこで降参するつもりなのだ。いわゆる瀬戸際作戦というやつだ。そのスリルを、なかば楽しみにしての、いやだ、の連発なのだ。その魂胆が分っている。こちらだって、敵もさるものだ、その手にはのらぬ。

「さ、いいさ、いくらでも、いやだといっててごらん。《パパ、アイスクリーム買って》《いやだ》《ゆうえんち連れてって》《やだ》《モンキーズのテレビ見ていいでしょう》《いや》、明日から、千夏のたのむことは、パパは、何でもいやだでいくさ」

これは、七歳程度の子供に対しては、有効な反省を求める手段である。しかし、ことわっておくが、学園紛争の年齢には、通用しまい。

わたしの作戦は、図に当って、局面は有利に動きはじめた。今度は、わたしが千夏の顔色を見る番である。お前は、ぐっとつまって、だまりこんだ。

「どうだ、いやだって、もっというかな」

「いわない」

千夏は、七歳なりに、自分が、いやだ、といわれる立場にまわった時のことを、だまって考えはじめたようであった。困ったぞ、旗色がどうも悪くなったぞ、という気持が、照れかくしの、ニヤニヤ笑いに現われた。

これが、大切なところだ、機を見るに敏、子供の心情教育には、これがなくてはならぬ、ともかく、おれはクロウトなのだぞ。クロウトの父親であるぞ。緒戦の勝利に満足し自信を回復したわたしは、その瞬間、ガラリと態度を変えた。

父親たるもの、いつもヘラヘラでは困る。しめるところはしめねばならぬ。しめる時には、しまった顔をせねばならぬ。わたしは自分に、そういいきかせて、マジメな重々しい、威厳にみちた口調で、口を開いた。

「わかったら、いい。これから、何かいわれたら、《いやだ》っていうんじゃないぞ」

千夏は、コックリとだまって、うなずいた。

そこで、終りにすればよかったのだ。この教育劇は、めでたく終ることになっただろう。だが、そこで、わたしは念を押した。

「わかったな」

「わかった」

千夏は、小さな声で答えた。

「わかっていて、今度、いやだ、といったら、一回でもいったら、その時は、おしりを思いっきり、ぶったたくぞ」

わたしのちょっとした誤算は、千夏の想像力を考えなかったことだ。そして演技に度を越すほどの力が思わず入ってしまったことだ。その瞬間、尻の痛みを想像しただけで、電気に触れたように、千夏、お前はとび上った。

「いいな、おしりを、思いっきり、いいな」

「いやだあ」

お前は、必死の声で叫んだ。そして、その瞬間、わたしと顔を見合わせて、ハッとすると、

「いけね」

と叫んで、自分の小さな尻を、あわてて両手でおさえた。

ハッとした一瞬、千夏の顔は真剣そのものだった。だが、それは一瞬で、すぐに、これは変だぞ、と思いなおしたらしかった。「いやだといったら、おしりをたたく、いいな」といわれて、尻を叩かれるのは、いやだ、と答えたまでだ。それなのに、「いやだ、と一ぺんでもいったら、尻を叩く」というのが、約束だといっても、これで叩くのは、無法というものだ。

お前は、自分が、堂々と、わたしの渋面を無視しながら、「いやだ」といえることに気付いたのだ。そこで、お前は、笑いを含んだ目で、わたしをにらみつけながら、鼓膜が破れんばかりの大声で叫んだのであった。

「いやだぞお、おしりを叩かれるのは」

そもそも、千夏は四人の娘の中では、もっとも遊び好きだ。どこか、おどけたところがあって、こちらの調子がくるう。千夏には、父親のこのわたしが、もうすこし、マジメにやれ、という時も、何か、あの「帰って来たヨッパライ」という変な歌の中にある、

「もっと、マジメにやれえ」

というフマジメな調子になってしまう。

だが、考えると、それでいいのだ。人生、マジメにやれえ、ということほど、フマジメなことはないのだから。この世は、非条理に満ちた世界だ。そもそも、この非条理という言葉からしてそうだ。これは、フランス語のアプシュルディテ、ばかばかしさ、という言葉の訳だ。それを、日本の哲学者が、ばかばかしさでは、哲学に似合わしくないからと、マジメくさって、非条理なんて言葉に訳してしまった。この哲学者のキマジメさこそ、ばかばかしいことといえる。そして、フランス語のばかばかしさという言葉が、非条理と訳され、それで通用することになったので、わたしとしても、

この世に人間がある、そのあり方のばかばかしさを、いい現わすのに、非条理などというマジメくさったいい方しかできない。

だが、それもいたしかたない。これから、わたしがばかばかしさ、といったら、お前たちは、そこに哲学的な非条理の意味を感じ、非条理といったら、そこにばかばかしさの意味を加えるという、こんがらかったことをしなければならぬ。それで頭が痛くなったら、そんな訳をした哲学者に文句をいえ。

千夏は、今日も、わたしに、その非条理の意味を、別のところで、考えさせた。千夏は、拇指をしゃぶるという悪癖がある。七歳になってもまだなおらぬ。しかも、拇指をしゃぶって、その隣の人差指を鉤形にまげて、その指の横腹で、鼻の頭を同時になでるのである。それで、お前の鼻の頭は、いつもスベスベしている。由希と美都も指しゃぶりをしたが、それだけだった。三番目の千夏にいたって鼻なぜを加え、四番目の美樹にいたっては右手の拇指をなめると同時に左手の指で頭の天辺の毛を指にまきつける。それで美樹の毛はカールしているのである。

この悪癖が消えるように、今までも、幾度か、父親のわたしも、母親の家内も、いろいろと試みて来た。今日も今日で、わたしは、宣言した。

「千夏、いやだ、といわず、お手伝いもすれば、おこづかいとして、五十円やるぞ」

「わあい、いいパパだな」

「喜ぶのは、まだ早い。そのかわり、指をしゃぶっているのを、一回見つけたら、そのたびに、そこから十円を減らす」

われながら、名案だと思った。

「いいな」

わたしがいうと、千夏はちょっと考えてすぐに答えた。

「いいぞ。でも、一日中、千夏は指をしゃぶっていて、もう、指をとらない。指をとって、またしゃぶったら二回になって、二十円ひかれちゃうけど、とらなければ、いつまでたっても一回だからな」

なるほど、と思ったが、わたしは、そこでも、親の権威で、ごまかしをやらねばならなかった。わたしは平然と答えた。

「その時、パパは目をつぶって、また開く。それで、二度見たってことになるからな。二十円ひくぞ。三度目をつぶって、その間、指を口から出さねば、四回見たことになる」

お前たちの母親は、そのやりとりを聞いていて、

「親子ねえ」

とためいきをついた。

そうだ、こんなことにも、世界の非条理性は、現われている。非条理とは、そんなに、難しいことではない。しかも、その非条理は、人間の言葉の持つ見せかけの条理性から来ている。

指しゃぶり一回、という言葉のように、これほど、はっきりとしたことの中に、七歳の子供にも指摘できるばかばかしさが含まれている。

つい、この間のことだが、日本で最初の心臓移植手術が行なわれた。一九六七年の暮に、南アのバーナードという外科医が、この外科手術をはじめてから、これが世界で三十番目の手術になるということだ。お前たちが、大きくなるころには、こうした手術も、日常的なものとなっていることだろう。

この手術が、南アで最初に行なわれた時、ローマ法王は、いちはやく見解を発表した。

「人間の魂は、心臓にやどっているのではない。心臓は血液のポンプにすぎない。だから、心臓の移植はみとめられる。だが、魂は脳にやどる。だから、脳の移植は許されない」

古い考えの持主の代表である法王庁の見解としては、けっこう思い切って、進歩を受けいれた見解であった。この見解を一見すると、非常に明快で、はぎれがよい。条理性に満ちているように思われる。だが、考えると、この見解もムジュンに満ちている。

心臓に魂はない。だから、心臓はもらってもいいという。すると、魂のありかである脳以外のものは、もらってもいいが、脳は、もらうことが許されぬ、ということになる。だが、もらうこと、と与えることとは、実は相対的なことなのだ。魂のある側を主体として考えれば、脳は、決してもらわれることは、ありえない。脳の移植が成功したら、その時は、脳が、もらわれたのではなく、脳は、他人の脳以外のものを、そっくりそのまま ちょうだいした、ということになるのだ。法王庁の見解では、魂のない体の部分の移植を認めたのだから、脳以外の体全体を、そっくりそのままもらって、どうして悪いか、ということになる。心臓はいいが、脳の移植はだめ、ということの無意味さを、こう説明すれば、わかるであろうか。

そもそも問題は、人間の死が、体のあちらこちらの部分のあしなみそろった死でないところにある。脳が先に死ねば、心臓もいずれは死ぬ。心臓が先にとまれば、脳の方は、それから数分は生きている。だから、どちらかをすばやくいれかえれば、二つとも死なないですむことになる。

ただ、心臓の移植手術の方が、幸か不幸か、脳の移植よりも、医学的に、百万倍もやさしい。それで、はやばやと成功してしまったというわけだ。まあ、脳の移植は、果して、可能か、と考えられているほど、難しいから、今すぐの問題にはなるまいが、もし、それが可能になったら、さぞ法王庁は、困った顔をすることだろう。

ともかく、バーナードの移植手術のあとにとった法王庁の見解は、人間の脳が、魂のやどる場所だということで、脳以外のすべてを、単なる生物的部品と見なす、おそろしく、物質主義的な考えである。この考えには、法王庁どころか、宗教そのものの存立を危うくするような意味が、含まれている。ただ、それに、気付かないでいるだけのことである。

世界で、最初の心臓移植が、米国でも、ソ連でも、英仏独でも日本でもない南アで、日本で最初の手術が、東京でも、大阪でも、名古屋でもなく、札幌で、しかも北大ではなく、札幌医大で行なわれたことには、意味がある。同じように、どちらも文化の中心から少しはずれ、どちらかというと、植民によって作られた、新しい社会のある場所だ。このような手術は、単に技術的に可能となったら、行なわれるというものではない。科学技術の文化に対する挑戦の意味を持っている。科学と文化は並行するように見えて互いに対立するものなのだ。多くの医者は、技術は持っていても、あえて、文化的伝統に妨げられて、それに踏みきれなかった。そこに問題があった。

札幌医大で、手術が行なわれた頃、世界でも、日本でも、学会の、おえら方が集まって、人間の死の基準をどこにするか、結論を出そうとしていた。その名も象徴的な権威者という人たちが集まって、脳波がとまったら死と認定してよいか、などということをきめようとしていた。こうした基準は、すでに、今までの移植手術の場合にも、個人的に使われて来たものと同じだったりするのだが、権威者が、それに重みをつくわえる必要がある。そして、医者たちは、権威者の委員会が出してくれる結論を、一つの青信号のように、待っていた。一種の儀式めいたものによって、許しをあたえられる必要があったわけだ。

こうした基準をきめるまで、どうして待てなかったか、と非難めいた口調でいう人もあったが、それらの人は、こうした基準というもののばかばかしさを、本当は理解しておらぬのだろう。そもそも、なぜ、脳の死を、人間の死と認定するかというと、誰はばかることなく、死体から臓器を取り出したいからだ。

今までは、埋葬のための死の認定だから、少しぐらいおそく認定したところで、何の問題もなかった。これが、将来、脳の移植をどうしても行ないたいということになったら、またその時には、人間は、別の死の基準を考えだすようになるだろう。お前たちは、そうしたことに、生きている間に立ち会うかも知れない。

わたしにいわせれば、南アや北海道のような、伝統の浅い社会は、死の認定のような社会の形式的決定のようなもので、科学をしばる力が少なかった。だから、このような手術に手をつけたということになる。そこにこそ意味があったので、いくつかの試みのあとに、宇宙衛星を最初に打ち上げたというようなこととは、別の意味を持っている。

この手術が、日本で行なわれたという日、ある大新聞社から、電話がかかった。この手術に関して、自分の意見をのべてくれというのであった。よくあることだ。わたしは答えた。

「心臓をもらってでも、生きのびたいと思っている人には朗報でしょうな。わたしも死んだら、必要な人に、心臓でも何でも、あげてやることにしましょう。わたしはケチでないですからな。せいぜい、利用して下さいと遺言でも書いておきましょうか。でも、わたしは、もらいたくない。何でも、人からもらうのが、嫌いなもんでね」

わたしは、自分の答えが、自分でも、ちょっとなげやりに思えた。その意見は、ともかくも、医学上の進歩とする意見と、医学の人間性に対する挑戦などという、もっともでございますといいたい意見にはさまれて気恥かしそうに新聞にのせられた。だが、その意見は、北杜夫の名前と、彼の顔写真の下に、書かれていた。わたしは、それを見て、

「ウム、これはケッサクだぞ。心臓移植の記事にふさわしい。これは誤植ではない、移植というものだ」

と、一人でニタニタしたものだ。わたしとしては、心臓移植は、この記事みたいなものにしか、感じられなかった。

だが、この記事の移植をやった記者は、自分のやった手術に、あまり感心しなかったらしく、大変申しわけないと電話をかけて来た。

それはそれとして、人々が医学に関心を持つのは、それが、人間の生や死に関係があるからだ。医学に関して、何かが語られる時に、いつもヒューマニズムという言葉がとび出す。だが、医者としていうが、人間の存在が非条理的なものである限り、医学だけが、その例外なんてことはありえない。本当のところは、人間は医学というものに不信をいだいており、それゆえに常に、それにたずさわる医師を、ヒューマニズ

ムによって呪縛しようとしているだけのことだ。叫ばれるヒューマニズムは、呪縛するヒューマニズムに他ならぬ。

わたしは平凡な医者として、こうした空虚な形式主義に抵抗を感じる。わたしはヒューマニストだから医者になったのではない。何の因果か医者になってしまったのだ。心やさしきヒューマニストとして尊敬を受けたいために治療をしているのではない。お前たちもその点はよく知らねばならぬ。

あるアメリカの医者は、数年前に一人の心臓病の患者が、これ以上生きられなくなった時、その患者を生かすために、彼の持っていた人工心肺につないだ。その患者の生命は生きながらえることになった。だが、その人工の心臓と肺臓は、精巧なものだが、重さ数トンという一つの病室を完全に占拠するほどの大きさのものだった。大分重い心臓のようだが、ある裁判長は人間のいのちは地球よりも重いといったから、この心臓を重いとはいえない。人間が、その生命を何とかして救うために、その時点で必要なものは、それだけだった。だが、彼は、とてつもないグロテスクなことをしでかしたと非難された。非難した人たちは、人間を自然の手にゆだねるために、死なせてやることを、人間的だと考えたのだろう。

しかし、本人が、重さ数トンの心臓につながれて、まるで心臓の中にすっぽり埋もれた形でもよいから、一日でも生きのびたい、と医者に懇願したら、それを、ヒューマニズムの名において拒絶すべきだろうか。結局は、その判断は医師にゆだねられる。何ともはや、荷の重いことだ。

そもそも、医学というものは、ヒューマンでもインヒューマンでもない。それは冷たい科学の一部にすぎぬのである。自然を神の手からうばって、生命さえ創造しようとしているのが、科学なのだ。

たとえば、イタリアのある研究者は、人間の精子と卵子をとって、試験管の中で結合させ、子宮の外で、人間を誕生させようとしている。三カ月の胎児までは、子宮の外でも成長させることに成功したという話だ。こうしたことが可能になれば、人間は、お産というわずらわしさから、解放されるかも知れない。

だが、それは、人間を、ほとんど完全に、物質化することでもある。ゲーテは、『ファウスト』の中で、こうした実験室の中で作られる人間を書き、科学としての医学の進むところ、その非条理性をすでに感じとっている。医者は、自分の中にある衝動がどんなものか知っている。医者としてのわたしは、医学というものに幻想をいだいていない。

二十一世紀には、おそらく、人間は、精巧な小型の心臓を完成させるだろう。自然のものよりも丈夫で故障もない安全な人工心臓が出来れば、病気でなくともそれにとりかえる人間が多いかも知れない。かくして、二十一世紀のオリンピック競技には、人工心臓保有者は除外されるか、別クラスとして出場を許されることになるだろう。

医学は、本質的にそうしたものだ。だが人々は、医学に幻想を持つ。医学に、ヒューマニズムという既製服を着せようとする。だが今のヒューマニズムという服は、医学が、ちょっとばかり太ったら、すぐにもほころびてしまうような服だ。それなのに、医学や医者が、内に持っているものがヒューマニズムだ、と人々は信じたがっている。どうも、わたしはペシミストのようだ。自分でもわからない方に、話が進んでしまった。

わたしが、お前たちに語ってきかせたいのは、あるがままの形の世界は、非条理に満ちているということだった。あるがままの言葉がそうであるように。千夏は、あの「いやだ」と叫んだ時に、それに触れたはずである。一回指しゃぶり、十円、の意味を考えた時にも、それに触れたはずである。

だが、人間は、生きるために、自分のおかれている世界が、確乎たる、ゆるぎない条理の世界だと思いたい。そのような幻想を抱きたい。ヒューマニズムというのは、そうした幻想によって織られた布で、その時の社会に合わせ寸法をとって作られた既製服なのだ。そして、この既製服は、新品のうちから、すでにボロきれが当っている。古い古い時代の布きれで。

生命尊重という言葉などがそうだ。人間にとって、あるがままの生命を持っているだけの意味を考えるがいい。あの重さ数トンの人工心臓につながれた人間は、死んでいない。彼には生命が残されている。医学は、あるがままの生命の尊重でしかない。しかし、その姿を非難する人間はどうだ。今のところ健全な心臓を持って、人工心臓とは無縁な人間だ。その人間が、他の機械の一部分と化した生命の姿に、グロテスクなものを感じる。そうした人間を拒否する。それは、生命尊重とは逆の立場に立つことだ。

現代では、生命の絶対的な尊重よりも、適当に生命を尊重する医者の方が、人間的ということになりそうだ。すくなくとも、わたしは、そう感じる。死の認定などということも、正直のところ、人々は、大きな点をぬかして見ている。

われわれが、不治と思った時から、患者は真に不治となる。

スイスの精神科医のオイゲン・ブロイラーは、そういったが、それこそが、人間の存在の非条理の真の姿をいいあてた言葉だと思う。死者の認定は死者の問題ではない。生き残ったものの、死者に対するおごそかな儀式だ。その前に、人間は、医者に見離され、イレキュペラーブル、つまり回収不能だと思われた時に、死ぬのだ。そのあとに残るのは、生きているものの、死者信仰という、古い古い、未開時代から人間に伝えられた感情である。その呪縛から解き放たれるために、医師はいつの間にやら、祭礼のための神官となる。

「御臨終です」

そう、あの最後の一言を、いかにおごそかにいうか、どんなふうにいうか、どの瞬間にいうかを考えるだけになる。その時の医者の気持からすれば、もう、この後で息を吹きかえしてもらいたくないのである。そんなことになったら、このお芝居は、もうめちゃくちゃだ。

わたしがこの文を書いている頃、金沢市の病院で院長が、交通事故の患者の死亡を宣告したあとで、生き返った例が、新聞に伝えられていた。わたしには、その院長の当惑顔が目に浮かぶようだ。彼は、新聞社に「それでも、彼は死んでいた」と語っていた。一般の人にはナンセンスと思われるだろう。だが、医者という職業を経験したものなら、そうした立場におかれた時、自分に、そのようなことが起ったらどうしようと、不安を感じぬものはあるまい。生命尊重なんかよりも、こっちの不安の方が重大だ。ヒューマニストであるはずの医者が、その時は、ひたすら患者の決定的な死を願うのだ。しかし、そのばかばかしさを、人々は、おごそかな儀式めいたものの底におおいかくして、見つめようとしない。

ボリス・ヴィアンというフランスの小説家は、こうした人間の生命のばかばかしさを、幻想を抱かずに眺めた作家であった。彼は第二次世界大戦が終った時、『蟻』という一つの小説を書いた。その時代は、人々が、まだ戦争のなまなましい記憶にとらわれていた時代だった。いくつかの英雄的な死が、人々によって語られていた。だが、彼は一人のノルマンジー上陸に参加した兵隊の死を、戦争の記憶と訣別した目で見つめた。

一人の兵隊が、パトロールの仲間と歩きながら、地雷を踏む。足の下でゼンマイのかかる音がした。地雷は、足をのけた時に爆発する。彼は、ポケットの中にあったものを仲間に投げて、逃げろという。そして、たった一人、地雷の上に残される。そして、立ったまま、考える。前に体を倒せば、生命だけは助かるかも知れない。だが、足がなくなって生きるのは嫌だ。
だが、最後に考える。もう、そろそろ、足をあげねばなるまいと思う。彼の足は、しびれがきれだしたからだ。その兵隊はただそれだけしか考えない。

わたしは、戦争中、名誉の戦死、という言葉をどれだけ聞かされて来ただろう。この戦死者に対する負いめを、戦後、生きのこったものの一人としてどれだけ長い間感じて来ただろう。それが人間の死の持つ馬鹿らしさを見つめさせなかった。そのあと自分のえらんだ医者の生活は、人間が、どれだけ死を、あるがままの姿で見ることができないものかを教えてくれた。そして、このボリス・ヴィアンの小説に出会った時、裁断された思想としてのヒューマニズムでない、死そのものに対するすなおな感情に触れたように思った。

死ぬ時人間はくだらなく死ぬ。誰も彼も。英雄的な死なんてありはしないのだ。だが、ボリス・ヴィアンが理解されるためには、彼の死後十年、作品が書かれてから二十年が必要だったのだ。

人間は、この地雷の上にのって考えている兵士のような形で生きている。そして、しびれがきれた時、死ぬことになる。わたしは、その死の見方の中に、裁断された思想でないヒューマニズムを感じる。

人間はかくあるべし、と押しつけて来るヒューマニズムを、お前たちに信じてもらいたくない。思想になったヒューマニズムを信じてもらいたくない。人間の生の、その本質の非条理を見つめたところに生まれる心情とつながらぬ思想を、偉大な思想と思ってはならぬのだ。

偉大なる思想は、心情から来る。

フランスの箴言家、ヴォーヴナルグは、そういった。お前たちも、この箴言を心にとめておくがいい。

ニキビと落書きについて語る学園スト論教室

禁止することを禁止する。
禁止されなければ何でもする人間を
作らぬために。

今回は、お前たちに学園ストについて語ろうと思う。だが、その前に、ニキビについて語らねばならぬ。学園ストとニキビと、どのような関係があろうか、と首をひねり、そのあげくムチ打ち症になる必要はない。ああ、そうかニキビの出かかった学生がストをしているという話なんだな、と早合点するのも無用。

まあ、ともかく、わたしの語るのを聞くがよい。ニキビ、この非条理なる顔面の噴出物は、何も青春の専有物ではなく、今もって、わたしを時折り悩ます。といっても、わたしが、ニキビを気にしているわけではない。この顔面の黒いポツンとした点は、何となしに、それを押し出したい欲望を人間に抱かせる。鼻の頭にポツンと、これ見よがしにあるニキビを、電車の向い側にすわった人に発見すると、わたしはどうも落着けなくなる。本を読んでいても、新聞を読んでいても、ちっとも頭に入らない。あまりその鼻の頭をジロジロ見ているうちに、下車駅を乗りすごしてしまったこともある。

スランプで、原稿が少しも書けない時、やおら鏡の前に立って、自分の顔をみつめ、ニキビを探し出し、それを押し出す。これは気分転換にいい。でっかいニキビが、といっても、実際は米粒の十分の一ほどのものだが、スッポリとれたりすると、気分はえもいわれぬほど爽快だ。人差指の腹の上にのせて、しばらくの間、眺めずにはおられない。ところがである、お前たちのママである人物は、このわたし以上に、ニキビ狂である。わたしの顔をしげしげと見まもる時、その視線は、わたしのニキビを捜索しているのである。彼女の長くのばしてマニキュアをした爪は、実用的な意味を与えられる唯一つの機会を待っている。

「ね、あんた、ちょっと、じっとしていて。大きいのがあるのよ。巨大なの（エノルム）よ」

彼女は、そういって、わたしにおそいかかる。何が「巨大」か。巨大というのは、象か鯨にふさわしい形容詞である。ニキビの形容詞には不似合いだ。かくして、わたしは、人生のひそかな楽しみの一つを失い、彼女は、

「あなたと結婚してよかったわ」

と、ヌケヌケといってのける。

どうも話が、変な方に行きかけた。

ともかく、ニキビというのは、何故か、日本では青春に結びつけられている。しか

も、それは青春の羞恥と結びつけられているのである。連想語テストで、ニキビという語を出したら、おそらく、大半の人は、青春に関する言葉を思いうかべるであろう。

さて、話はとぶが、ながい夏休みが終って、由希と美都、お前たち二人は、ようやくフランスから帰って来た。背がのびて、真黒に日焼けして、そして二人とも五キロもふとって。しかも、由希は、生まれて最初のニキビをおみやげにして帰った。何というおみやげか。

帰って来て間もなくのことだ。二人は仲良くお風呂に入っていた。わたしは、夕刊を無言で読みながら、聞くともなく、風呂場から流れ出るお前たち二人のかわしている会話を耳にしたのであった。

「美都、わたしのおでこのここんところ見てよ。これ、ニキビだろ」

由希の声であった。ニキビ、という一語に、わたしは夕刊を思わずひざの上に落して、耳をそばだてた。由希は、数日前に十一歳の誕生日をむかえたばかりである。わたしは、まさか、と思った。

「どれ、どれよ」

美都の声だ。

「これよ、ここにあるだろう」

「ニキビってどんなものよ」

美都は、まだニキビがどんなものであるかも知らない。その美都に、ニキビを認定してもらおうというのは無理だ。

「セシルによると、ニキビは、そろそろ出て来るもんだってさ」

「そう」

セシルは、由希の同級生で親友である。わたしは、その「そろそろ出て来る」という表現にふとニヤリとした。そして、苦笑しながら、急に、自分の娘の一人が、ニキビを気にする年齢になったたか、と思うと、がく然とした。

「セシルも一つ出たんだってさ」

まさか、とわたしは思った。わたしは深いためいきをついた。何といっても、十一歳でニキビ面は早すぎる。本物ではあるまい。だが、本物が出て来なくても、それを気にし、学校で話をしたりするような年齢になったことはたしかなのだ。わたしは、由希が、早くもニキビ面を気にし、傷つきやすい心を持ちはじめ、まだ知らぬもののおとずれに不安をいだいて、ニキビの話を美都としていると思ったのだ。

「でも、これが本当にニキビだか、パパに見てもらったらどう」

美都、お前は、はなはだ常識的な結論を出した。わたしは、二人の話を耳にしながら、どうやら自分のところに、問題がまわって来そうになるのを感じると、大声でいった。

「見なくてもいい。ニキビなどではない。そもそも、そんなにはやばやと、そんなものが出て来てもらっては、おれが困る」

わたしは、ニキビ面をした娘を連れて歩く自分の姿を想像しただけで、一時に十歳ほども年をとりそうな気がした。おそかれはやかれ、その時が来ることは覚悟しなければならないことはわかるが、まだ早すぎる。わたしは、それがニキビではないと否定することで、由希の不安を一時的にでも消し去ってやろうと思ったのであった。それは、同時に自分を慰めることでもあった。

だが、わたしは、どうも、自分の感情にとらわれて、子供の感情を理解しなかったようである。風呂からあがった由希は、わたしの前にやって来ると、

「ほら、ここよ。パパ、見て」

と私におでこを突き出した。

「どこだ」

「ここよ」

「その指をどけろ」

わたしは、じっと見つめた。あまり睨んだので、目が痛くなるほどであった。そして、目がかすむほど睨みつけた末に、何やら、小さな、虫めがねでも使わなければ確認出来ぬような黒い点を見つけたように思った。

「これか。このちっちゃな、ちっちゃなやつか」

わたしはなかば安堵して、そうつぶやいた。目に見えるほどに育つには、数年はかかりそうであった。

「小さくても、下の方から、だんだんに外に出て来るんだってさ」

「でも、まだわからんな」

「ぜったい、そうだよ」

由希は、自分でそう断定的にいった。そして、とびあがって叫んだ。

「やっほう、由希にもニキビが出たぞう」

その声から察すると、由希が、ニキビを、羞恥に結びつけているとは思えなかった。むしろ、友達に出て自分に出ないことを、不名誉と考えているようだった。

「いいか。由希。そんなものは、出ない方がいいんだ。どんどん出て来たら、大変だぞ。出たら、肌がきたなくなっちゃうんだぞ」

わたしは、由希のそのニキビに対する反応ぶりに、まだ十一歳にふさわしいものを感じてほっとしながらも、そう、たしなめた。だが、由希の耳には、そのような言葉は入らなかった。お前は、ただ、自分が大きくなり、子供からぬけだしつつあることの証拠をえたように、単純に、純粋に喜びを示した。それはお前には、青春の入会章のようなものでしかなかったのだ。わたしは、この同じ娘が、五年もすると、ニキビが恥ずかしくて、外に出るのがいやだといいだすかも知れぬと思うと、複雑な気持になった。

しかし、考えてみると、五年ほど先に、顔中いっぱいニキビが出ても、どうして、そうならなくてはならないのか、そうならずに今のように、カラリと「ニキビが出たぞ、やっほう」と叫んでいて、どうして悪いのか、という気になった。青春を、何も羞恥にみちたものにする必要はないではないか。それはわたしが、自分のおくった青春の感情にとらわれていることではないか。子供を、まだ子供だ、まだ子供だと意識することは、かえって、世代間の断絶を深めて行く大人側の拒否的な身がまえにつながっておらぬだろうか。そう思いなおしたのである。考えれば、わたしには、「ニキビが出たぞ、やっほう」などと叫んだ記憶は、自分の過去をふりかえってみても、どこにもない。大人の子供に対する無理解は、自分たちの子供の時代を、子供もまた必ず通りすぎると信じるところから来る。青春は、それぞれの人間に、それぞれの世代に属するもので、どのような世代にも共通な青春というものはない。

かようにして、わたしは、お前たち二人のニキビの会話から、世代間の感情の断絶の一つの理由を、見出したように思った。

これで、何故、学生ストに、ニキビの話を持ち出したか、少しはわかりはじめただろう。

由希、お前は、「やっほう、由希にもニキビが出たぞう」で、もう、それ以上にニキビなどに一生こだわらずに生きられたら、それでいいのだ。それと同じように、現在の大学生が、昔の大学生のように、大学をエリート養成の場と少しも考えなくなり、大学の伝統などを、へとも思わなくなったとて、昔の大学生たちは、何も慨嘆することはないのである。

一九六八年という年は、世界的に、大学問題で、社会がゆさぶられた年だ。由希と美都の二人がフランスに行く直前にも、パリで学生の学園占拠があり、それがきっかけとなって、ゼネストが続き、一時は、わたしも二人を旅に出そうか、やめようか、と迷ったほどだった。それから、日本でも、東大の安田講堂が、学生に占領されたり、日大のスト騒ぎがあった。そして、オリンピック直前のメキシコで、学生と軍隊の衝突と、一年間の新聞の紙面の大部分が、学園紛争で埋められた。

こうした学園スト騒ぎが起るたびに、学園が、ひとにぎりの勉強ぎらいでデモ好きの集団によって牛耳られている、という見方がされていた。向学心に燃える大部分の学生は、暴力的学生によって迷惑をこうむっている、そう考えられていた。わたしも、学生がストをし、講義を受けないのは、何か、自分で自分の首をしめているような気がしてならなかった。工員がストをして生産をストップさせ、資本家に打撃を与える、これは、よくわかる。鉄道がストをすれば、利用者にも打撃が与えられる。そこで、利用者からも当事者に圧力がかけられる。しかし、学生ストは、学生の大半が投票してストをきめる時、いったい誰に打撃が与えられるのか。授業料を払いながら、講義を受けない、これでは金を払って品物を受けとらないといっているみたいなものだ。社会が、一年二年、大学出を不要としてしまえば、学生は負けざるを得ないだろう。実質を考えたら、そうだろう。大学が、入学式や卒業式などという形式的行事が行なえないということにこだわらなければ、学生は、何も実質的な打撃を相手に与えられないではないか。わたしは、そう考えたのだ。

だが、それは、どうも、わたしの単純すぎる考え方のようだった。大学は、教える場所ではなくなっていたのだった。

大学は、勉強する場所ではなく、入学式と卒業式という儀式に、より重要な意味が与えられた、巨大な、人間の選別機になり、学生は、その選別機によりわけられる物にしか、すぎなくなっていたのだ。

そもそも、大学が、学びたいものを教える場所であったら、ストをして失うものは、学生にとって大きかったろう。だが、学生にとって失うものがあまりにも少なく、逆に選別機としての機能がストップした大学や社会の受ける打撃の方が大きい。

大学そのものの、こうした変質を見失っていて、学生を勉強したがらない、と考える方が、かえって頭が古いのだろう。大学も変質したし、学生も変質してしまっていたのだ。巨大な選別機にしかすぎなくなった大学なんて不要だということを、この学生ストは、証明しているわけなのだ。

小川国夫という、知人の作家がいる。彼は、東大を中退したのだったが、わたしに、こんな話をした。東大には、教室に旧式な電気時計が、一つずつかけられている。一分ごとに、針が、ボンと音をたてて動く。昔の駅のホームにも、同じような時計がぶらさがっていたものだ。東大の講座には、高名な先生が名前をつらねていたし、一つ一つの講義は、立派なものにちがいなかったと彼は思い出していう。

「だけど、どういうことか、今になって、東大時代を回想すると、あの時計の、一分ごとの、ボン、ボン、と針を進めるあの音、あのボン、てやつしかぼくの記憶には残っていないんだな。おそろしく空白だったんだな、あの時間は」

彼は、そのボンという音を、わたしの耳もとで、おそろしく力をこめていった。それで、わたし自身までが、その針の進むボンという音に、そのボンと次のボンの間の空白に、おびやかされるような気がした。彼は、ほぼ、わたしと同年代だから、同じ頃、わたしも大学にいた。今ほどではないにしても、もう、その頃には、大学が変質しかけていたのだ。敏感な感覚の持主だった小川国夫は、その大学の時間の空白化を、あのボンという音と、その音の間にはさまれた空白の中に、とらえていたのだろう。その時代に、その変質を直観するためには、鋭い感覚が必要だったかも知れない。だが、おそらく、今では、どんな鈍感な人間でも、その空白を感じないわけにはいかぬのだろう。その変質を学生が知っており、管理する教授たちが知らぬことから、問題が起る。

どうも、由希の与えたニキビショックによって、混乱しているらしい。何か、話していることが、おそろしく抽象的になって来た。ここらで、話を少し具体的なものにもどそう。

今、わたしは一冊の本を手にしている。『六八年、五月、壁は語った』という題の、小さな真赤な表紙の本だ。これは、由希と美都が、フランスから持ち帰った本だ。買ったのは、お前たちではない。お前たちの旅行について行ってくれたママの友人が、わたしのために買ってくれたので、お前たちは、単なる運搬屋であった。

どんな本かというと、一九六八年の五月、パリで学園ストがあった時、その時学生たちが教室や廊下の壁に書きなぐった落書きを、書きとめたものだ。落書きを書きとめて歩いたとは、何というもの好き、といいたいところであろうが、おぼえておくがいい、ここにジャーナリスト精神がある。落書きすべてに価値があるとはいわない。だが、たかが落書き、という気持からは、この本は生まれなかったろう。

最近、わたしは、よく、どのような本を読むべきか、という質問を受ける。質問する人は、すすめられた本を読むことで、無駄のない読書をしているつもりらしい。だが、そのような人は、本を読んでも、決して、その本の価値を知ることは出来まい。他人が、どのような本を評価しているかを知るだけだ。そして自分だけで、忘れがたい本にめぐりあうこともなかろう。

バタ屋が、百万円の札束を拾ったという話を聞き、バタ屋のところに行って、「百万円の上手な拾い方」について質問することは、無意味である。彼は運がよかっただけだ。そして、彼が地面を見て歩いていたから、その幸運が彼のもとにころがって来たのだ。

壁の落書きの、ほとんどは、何時までたっても、それだけの価値にすぎまい。しかし、落書きすら見落さぬ好奇心が、思わぬ価値あるものを拾い当てさせることになる。ともかく、混乱の日々、他に大事件がたくさんあるのに、壁に書きつけられた落書きを、たんねんにメモしていた人間がいたおかげで、今、わたしの手に一冊の本がある。そして、この本のおかげで、デモが勉強よりも好きで、どうも頭の方はおそまつではないかと思われている現代の学生が、そうした一般的なおもわくに反して、けっこう勉強をしており、すくなくとも落書学に関しては、なかなかのセンスの持主であることを知ったのである。

禁止することを禁止する

これはソルボンヌ、つまりパリ大学の人文学部の壁に書かれていたものだ。

お前たちも、いつか、それを見ることがあろうが、パリの街を歩くと、あちらこちらの壁に、一八××年の法律により、落書きを禁ず、とか、はり紙を禁ず、という大書された文字が目にとまる。何故、落書きや、はり紙が禁じられたのか、わたしは知らない。おそらく、落書きや、はり紙が、美観をきずつけるという理由からではないか。そうだったとしたら、このでかでかと、みにくく書かれた禁止の文字は、何というムジュンだろう。

そうかといって、美観をそこなわぬように、小さく、人目につかぬように禁止の文字が書かれていても意味がない。誰の目にもとまるように書けば、禁止すべき落書きより見苦しい。何というディレンマか。わたしは、その文字を眺めては苦笑したものだった。しかも、その法律は、百年ほども昔に作られたもので、それから、フランスでは何度も何度も権力は変り、憲法も変って来た。だが、この禁止の精神だけは生き残って来たのだった。

わたしは、この落書きが、あの落書きとはり紙禁止の大書の横に書かれていたのではないか、という気がしてならない。そして、落書き禁止という大書された言葉にない知性が、禁止することを禁止する、という言葉の中に、まごうことのない明白さで示されているように、思うのである。

壁に耳あり。あなたの耳に壁あり

これは、フランスの「一橋大学」にあたる「政治科学大」の壁に書かれていたものだ。「あなた」は、もちろんド・ゴールに対して、呼びかけられた言葉だ。たしかに、ド・ゴールは、スターリンやヒトラーや日本の軍閥の独裁者とちがって、言論の自由を統制によって奪うことはなかった。よく、反共主義者は、日本ほど自由な国はないという。それは、たしかにウソではない。ソ連では、日本のように、政府を堂々と新聞で批判したり、野党を結成したりする自由はない。

ド・ゴール政権下のフランスも、その点では、日本以上に自由であったかも知れない。わめく自由、叫ぶ自由はあった。だが、それらの声は、ド・ゴールの耳には入らなかった。ド・ゴールには、それらの声を拒む姿勢があった。それを、「あなたの耳に壁あり」とは、何とうまくいいあてたものであろう。

今まで、われわれは、独裁者と、「壁に耳あり」という言葉を、あまりにも強く結びつけていた。そのため、言論を圧迫せず、「壁に耳あり」と民衆の口をとざさせないような独裁の存在を考えることが出来なかった。だが自由に叫べても、それが耳に入らなかったら、叫び声が政治にとどかなかったら、それもまた民衆を絶望させる。それは、新しい形の独裁だといえぬだろうか。壁に耳ありという昔からの表現にひっかけて、あなたの耳に壁がある、とは確かにエスプリのきいた表現である。こうしたセンスは、ラ・ロシュフーコーやヴォーヴナルグのような箴言家か、さもなくば、無名の落書家にしかないものだ。わたしは、この落書きを読んで、パリの学生、決して知性を失った、単なる衝動的デモ好きではないぞと思った。

過度の偉大さは、現実に対するセンスを失わせる――ド・ゴール

ナンテール分校の壁には、ド・ゴール自身の言葉が、皮肉にもそう書かれていた。おそらく、ド・ゴールの回想録か、演説集の中に見つけられたものであろう。ド・ゴールを皮肉るに、ド・ゴールの言をもってする。立派だ。わたしが学生だったら、すぐその壁に、

落書きには偉大さはないが、現実に対するセンスだけはある、ド・ゴール君、見

習え

とでも書き足したであろう。こんなぐあいで、わたしは、とうとう微笑したり苦笑したりしながら、この落書集を全部読んでしまった。中には、時事的なユーモラスな風刺もあったし、その逆に時代を越えて通用しうるモラリスト的箴言もあった。

教養はパンにぬるジャムのごとし、少ししかない時は、なるべく薄く広くのばす

なんて落書きは、日本でも「現代の学生は教養が足らん」などという老人がいるから、おそらくフランスの学生に対しても、同じことがいわれたのだろう、それに対する答えとして書かれたものだと思う。ド・ゴールは、この学生ストにはじまった五月危機を、総選挙で何とか乗りきったが、その時、「共産主義か自分か」と、誇張した共産主義に対する恐怖感をあおった。その時に書かれた落書きだろうと思う。美術学校の壁に書かれたものとして、

赤の恐怖は、牛にまかしときな

というのがある。

その他にも、いろいろとあるが、このくらいでやめにしよう。パリの学生は、ながいながい間ストをして来た。そして、政治家は、どこの政治家も同じで、勉強嫌いの学生が、ひとつかみの活動家にそそのかされてストをしたのだといった。だが、わたしはそう思わない。今では、彼らは、勉強嫌いなのではなくて、嫌いなことがあるとしたら、覚えさせせられるのが嫌いであったのであろうと思う。

サローヤンの小説に、彼の高校での話が書かれている。歴史の先生が、ストーンヘンジという古代の石柱の図を示して、

「これは、二万年も昔のものです」

という。その時、サローヤンは、

「どうして、先生には、それが二万年前のものであるか、わかるのですか」

と質問して、そのヒステリー先生にとびかかられ、校庭に逃げ出す。これは二万年前のものです、と先生にいわれ、はい、そうですか二万年前のものですか、とただ覚える。そして、試験問題にストーンヘンジが出ると、二万年前のものですと答案を書いて、満点をもらう。

サローヤンには、それが勉強することだとは思われなかった。どうして、それが三万年前のものでなく、五千年前のものでなく、二万年前であることがわかるのか、その決定の仕方が知りたかったのだ。それこそが、彼にとっては、学ぶということに値することだったのだ。だが、彼は、そう質問することで、授業を妨げる、他の学びたいクラスの人間が静かに学ぶことを妨害する、勉強嫌いの、ふまじめな生徒とされてしまった。だが、このふまじめな生徒と、おとなしい教室のよい子たちと、どちらが学ぶことの本当の意味を知っていたことになろうか。

しばしば、学校のマジメな勉強家の中には、覚えるだけの生徒がいる。いや、今の学校の大部分の教育は、覚えさせるだけのものにすぎない。ある革新派の知識人たちは、学生運動家たちを、マルクスも知らんで革命を叫ぶものと非難をする。だが、革命にマルクスがどうして必要なのだろう。フランス革命の先頭に立って、バスティーユの牢獄を破壊したのは、何も知らぬ売笑婦たちだったのだ。マルクスのいったこと、レーニンのいったことを、よく覚えて、満点をとるのだったら、あのストーンヘンジは二万年前のものだという先生の言を、ただ、ひたすらに覚えて、満点をとろうとしていた生徒たちと同じではないか。マルクス学、レーニン学の優等生たちが、学生たちは何も知らぬ、無教養だと非難めいた口をきいても、彼らは、五月のパリの学生たちのセンスを持つことは出来まい。

学生の落書きのうまさに感心するあまり、少々、学生の知性を買いかぶりすぎたかも知れない。

このあたりで、日本も、大いに落書きを復活させたらどうだろう。明治百年のお祭りなどするより、江戸時代の庶民の知性を示した落書きのケッサクである、

太平のねむりをさます　じょうきせん
たった四はいで　夜もねむれず

の伝統を復活して、都民の落書きの壁を作ったらいいと思う。

黒船騒ぎの時、この落書きを書いた庶民は、論語読みの当時のキマジメな学者たちより、はるかに知性的であったとはいえぬだろうか。明治百年の式典をあげて、えらい人の面白くもないお言葉などに感激したり、「君が代」を歌ったり、日の丸に涙をこぼしたりするより、落書きを書き、それに笑ったりする精神をとりもどす方が、どれだけ、日本の伝統に忠実であろう。

全学連よ、デモばかりでなく、落書きのケッサクを作れ。そして、センスと知性を示してくれ。

どうも、今日は、由希のニキビによるショックのせいか、わたしの調子はおかしい。どうも変である。だが娘の学校は、試験をするでもなし、卒業があるのでもなし、月謝を払えというのでもなし、覚えるに足りることをいわぬでもいいので、校長としては気が楽だ。

今、美都は学校から帰って来て宿題だからと、エリュアールの「自由」という詩を、必死になって暗誦している。もう、限りないほどの回数、こわれたレコードのように、「自由」を連発している。なにしろ、お前たちの先生はきびしい。雑記のノートにまで、きちんとカバーをかけろ、表紙を落書きでよごしたら、ゆるさんぞ、とこわい顔でどなるのだから。

学校に行った最初の日に書取りをやらされ、五カ所間違えただけで、零点をつけられて、お前は、

「きびしい」

と帰って来るなり、半ベソをかいた。

「まあ、最初の日、零点からはじめるのもいいさ。これから、努力して、一点でも二点でももらえれば、大した進歩だってことになるんだから」
わたしは、そう、父親らしく、お前をなぐさめてやった。それほどきびしい先生だ。お前が「自由」の詩の暗誦に必死になるのも、無理はない。だが、その詩を考えると、それはコッケイであった。

学校のノートに
机に 木の幹に
砂に 雪に
わたしはお前の名を書く

それは、いい詩だ。わたしのもっとも好きな詩の一つだ。お前の名を書く。お前の名、それは「自由」だ。美都は、その詩を、明日までに覚えて行かなければ零点だと、必死になっている。自由どころの沙汰ではない。

学校のノートに

お前は、目を白黒させながら、空を見つめて、そういう。学校のノートの表紙に、お前はマンガを書き、モンキーズの一員であるピーターに熱をあげ、「ピーター、好きよ」などと書いて叱られ、カバーをそれにかけさせられたことを、考えておらぬようだった。考えたら、お前は、あまりの馬鹿らしさに、ふき出したにちがいない。お前は、目を白黒させて、その詩を暗誦するより、カバーをかけた雑記ノートに、机に、学校の壁という壁に、そのきびしい先生の背中に、顔に、「自由」と大書すべきだったのだ。その方が、本当にエリュアールの詩を理解することであったろう。そして、かんかんに怒っている先生に、

わたしは、お前の名を書く

「自由」と

と叫べばよかったのだ。悪いことを教えたらしい。

さて、今日の講義は、変なものだったが、これで終りだ。ここで、わたしも、一つ落書きがしたくなった。一言、余白を埋めるのを、許してもらおう。

ニキビは、青春の顔に書かれた落書きだ。

観念的な性教育教室

性を観念としてとらえなければ、
人間は、
ただ性の運搬人にすぎなくなる。

女の子は、身ぶるいする、秘密という言葉を聞いただけで。だが、好きなのはその秘密という言葉だけで、秘密そのものではない。たとえば、男性が秘密な関係を持っていることがバレたりすると、あの秘密という言葉好きの女性が、怒り狂うのである。わたしに息子がいたら、そのことを百ぺんも話して聞かせてやりたい。決して、心を許すなと。ところが、わたしには息子がない。世の中は、無駄が多く出来ているものである。

このようなことを書き出したのは、実をいうと、最近、娘たちの秘密さわぎに、うんざりしかかっているからだ。

そもそものはじまりは、お前たち娘どものママである人物が、デパートから、お前たちに「秘密の手帖」というしろものを買って来て与えたことからである。それは文庫本くらいの大きさの、革表紙の小箱のような形をした、鍵をかけておけば人に見られないですむ手帖である。それを買って来て、何か秘密があったら書きなさいと、お前たちに与えたのだ。お前たちのママは、さすがに女で、娘心というものをよく知っている。自分の経験から、お前たちが、そろそろ自分の感情を、親に秘密にしたがる年齢にさしかかったことを知り、先手を取ったというわけだ。

「秘密にしたいことがあったら、この手帖に書いて、鍵をかけておきなさい。安全だから」

そういわれて、由希と美都は、眼をビー玉のように丸くした。

だが、何が「安全」であろうか。お前たちが寝しずまると、お前たちのママである女性は、

「ヒヒ」

などという笑い声をあげ（ああ、女性はこういう時、何と気味悪い声を出せるものであろう）、

「思ったとおりだわ」

とつぶやきながら、かくし持った合鍵でその「秘密の手帖」を読みはじめるのであった。全く、女は油断出来ぬ。わたしは、そんなことはせぬ。わたしが、お前たちの秘密を知っているのは、手帖を読んだからではない。読んでいるのが聞えただけである。しかも、わたしが驚いたのは、お前たち娘どもが、秘密がこうしてバラされることを、ちゃんと計算にいれていたらしいことだ。

その「秘密の手帖」が存在するようになってから、わが家では、誰の秘密がどうのこうのという、泣き声と涙のゴチャマゼサラダのような騒ぎが始まったのである。

由希は、小さな頃から、家の外では不思議と人気があった。ちょっと男の子みたいに活発であり、いたずらっぽく、近くの子供のあいだでは大将になった。それにひきかえ、二番目の娘の美都は、地味で、気が弱く、前にも書いたことがあるが、常に運がなかった。由希には何人かの自称の将来の夫が現われたが、美都がたまたま、好きになる男の子は、彼女のことなど目にとめなかった。美都は九歳になるまで、そのことを、どれほどこぼして来たことか。ところが最近、絵と工作のうまい学校の上級生が、どうも美都が好きらしいということになったのだ。その子は由希より一歳上の十二歳、なかなかの美少年である。男四人兄弟の一番上で、家には男の子しかおらぬからつまらない、妹でもいたらよかったのに、といっている。

この男の子が、美都に、ちょっぴり好きな感情をいだいているらしいということは、美都にとっても、他の娘どもにとっても一大事件であった。その男の子の姿を見ると、他の娘たちは、美都の未来の夫がいるとはやしたてた。美都は、

「あの男の子、デブで嫌いよ」

といいながら、ぽっと赤くなるのであった。

さて、それからというもの、お前たちの間は、何か波風が立ってばかりいた。それが由希と美都と、その男の子との間の感情的な三角関係から来ているらしいことは、わたしにもお前たちの母親にも推測できた。だが、何といっても、由希は十一歳、美都は九歳、好きだとか、愛してるとかの話は早すぎる。

そもそも、十歳前後で、そうしたことを、どの程度考えるものか、その時代からあまりにも遠ざかってしまったので、不確かな判断しかできない。それに時代も変った。お前たちが、愛とか結婚とかの意味することを、どのくらい知っているか、見当がつかない。わたしは、変なところでボロを出さぬように、注意深く、時折りニヤニヤしながら、そのお前たちを、ただ眺めるだけであった。

そこに、秘密の手帖が登場したのである。お前たちは、一人一人、家のすみっこに行って、その手帖の中に、なにやらを書きこんだ。秘密が秘密らしい恰好で、ここにありますよ、という形で、出来あがったというわけだ。そうなると、お互いの秘密の告白が、何としても知りたくなる。見ないくせに、もう見ちゃった、などとカマをかける。それにひっかかって、わたしの秘密が盗まれたと泣き声が起る。その騒ぎがようやくおさまって、お前たちの寝息が聞えてくる頃になると、今度は、お前たちのママなる人物のあやしげな、

「ヒヒ」

という笑い声だ。万物が眠りにつく頃に、突然に「ヒヒ」とか「イヒヒ」などという笑い声を聞くと、ゾッとする。わたしは今スランプで、あまりものを書けないでいるが、その原因は、このあたりにありそうだ。

私は、この秘密さわぎで、オスカー・ワイルドの『謎なきスフィンクス』という短い小説のことを思い出した。

マチソン卿という貴族が、アロイ夫人という美しい未亡人にめぐりあい、この夫人に心をひかれる。しかし、この女性には、何か謎めいたところがあった。彼が手紙を出すと、この住所に二度と手紙をくれるな、と返事が来て、変名らしい宛名の所に出せという。そして、理由はいつかわかるから、聞かないでほしいという。何かあるのではないか、とマチソン卿は思った。

ある日、マチソン卿は、偶然、ピカディリーの近くの裏通りで、アロイ夫人の後姿を見かける。そして、彼は彼女のあとをつけた。とある静かな下宿屋ふうの家に彼女は入った。扉がしまった。彼は、彼女が鍵を出そうとしてハンドバッグから落したハンカチが、戸口のところに残されているのを見つけて、それを拾って自分のポケットにいれた。彼はアロイ夫人が、誰かと、その家で秘密な関係を持っているのではないかと思ったのである。

その日、マチソン卿はアロイ夫人を夕方にたずねた。するとアロイ夫人は、一日中家にいたので退屈していたところだといった。彼は彼女のぬけぬけとしたウソにかっとした。それを聞くと、ポケットから、例の拾ったハンカチを出して、相手の鼻先につき出した。そして、夫人に裏切られた感じがして、彼女がとめるのもきかずに、とび出した。

彼は恋にやぶれ去ったのを感じて旅行に出た。旅行から帰って来た時、マチソン卿が見たのは、新聞にアロイ夫人が流感で急死したことを知らせる死亡通知だった。彼は夫人のことが忘れられず、ふと、あの下宿屋に行ってみた。借りる部屋はないかという顔をして。

下宿屋の女主人は、ある女性が借りていたという部屋をマチソン卿に見せた。そして、その女性が、三カ月ばかり姿を見せぬし、音沙汰もないので、よければ貸すことも出来るだろうといった。マチソン卿は、その女性がアロイ夫人であることがわかっていた。

「その御婦人は、いったいここで、何をなさっていたのです」

彼は女主人に聞いた。

彼女はヴェールをかぶり、その部屋にやって来た。そして、その部屋で、ぼんやりと時をすごすと誰と逢うでもなく、ただ、それだけで帰って行ったのだ。

彼女は単に秘密好きの女性にすぎなかったのだ。そこに、ヴェールで顔をかくして行き、そこで何かの物語のヒロインであることを空想するためだけに、その部屋を借りていたのである。彼女は、謎のないスフィンクスだったのだ。

オスカー・ワイルドの小説は、そんな小さな物語であった。わたしは、それを二十年ほど昔に読み、謎めいたポーズや秘密めいたことの好きな女心を、しみじみと教えられるような気がした。

白状するが、わたしは女性恐怖症である。女性の前に出ると、視線が下に行く。人々はわたしがエッチな人間で、女性の脚をマジマジと眺めているのだと思うが、それは間違いだ。わたしが女性恐怖症になったのは、この小説を読んでからではなかったかと思う。

そのわたしが、今や四人の娘に囲まれている。何という皮肉か。だが、その時は、四人の娘を持ち、その女心に悩まされる日が来ようとは、夢にも思わなかったのであった。

さて、話が少しばかり横道にそれたようだ。由希と美都の秘密さわぎに話をもどそう。由希は、秘密の手帖に、せっせと自分の秘密を書いた。だが、本当は、それは秘密なんてものではなかった。誰に読まれてもかまわなかったし、むしろ、人目につくところに、その手帖を鍵もかけずほうり出しておいたくらいであったのだ。美都は、それにひっかかった。美都は、由希の秘密なるものが何かを知りたくてつい開いて読んでしまった。それを知ると、由希は、美都に、自分の秘密を知ったからには、美都も自分に、その秘密を教えねばならぬといいだしたのだ。そこで毎夜毎夜、見せる見せぬの騒ぎが始まったというわけである。そして、困ったことに、上の三人の娘どもは、お前たちのママが、「秘密の手帖」を読んで知ったところによると、どうも同じ男の子に熱をあげているようなのだ。

こうしたことが、お前たち娘どもに、いつかは、愛したり結婚したりすることがいかなることか、話さなければなるまいという気持を起させたのである。どうして、男があり女があるのか、どうして、子供が生まれるのか、子供に聞かれれば、教えなければならぬ日が、遠からず来るであろう。それに、どう答え、どの程度まで教えねばならぬものか、そろそろ準備をせねばなるまい、と思ったのである。

わたしは、今書いている一続きの文章を始める時に「娘の学校」という題をつけた。その題をきめる時、「女の学校」としようかとも考えたのであった。だが、モリエールの芝居の中に「女の学校」というのが、すでにある。しかも、あまりに有名な芝居である。「娘の学校」という題の芝居は、ジャン・アヌウイのものがあるが、これは大して知られていない。同じ題の文章を書くことまで盗作になるかならぬかを別に気にせぬが、「女の学校」という題を見るものの頭に、モリエールの芝居の記憶が浮かんで、あのようなものか、と読まずにきめつけられるかも知れない。そこで「娘の学校」としたのであった。

だが、お前らの性に関する教育などについて、思いをめぐらすと、このモリエールの「女の学校」のことが、心に浮かんで来る。というのは、この芝居が、娘の性教育と関係があるからだ。この芝居に、アルノルフという男が出て来る。彼は、日頃、女性に浮気され、女性のいいなりになって、外に出るとわが身の不幸のグチをこぼしている世の亭主どもを嘲笑している。自分の嫁さんには、そんな真似はさせんという。当時、女性は、美しさと利発さが美徳と考えられはじめていた。家庭的なだけで、退屈な女性よりも、才気があって、人を飽かせない、文章も書ければ、芸術的でもある、派手であるが、センスのある、しかしながら、ちょっと浮気であるのが唯一の欠点という女性が、何となしに男性をあこがれさせる対象となっていた。アルノルフは、こうした女をつくる教育に反対して、自分の将来の妻となる女性に、妻となるにふさわしい教育を実行した。

四歳の娘を将来の妻にもらいうけ、町で育てては、男の子などが目につくと困ると考え、ひなびた田舎で、男のことも、性のことも、目にも耳にも入らぬよう育てあげた。

彼は、妻となるべき女はまったくの無知であるべきだ。神に祈り、自分を愛し、編物と縫物くらいを知っていれば充分だと、主張する。そして、友人に、その教育の出来ばえを、こういって自慢する。

彼女は、くらべものもない純真さで、子供は耳から生まれてくるの、ってぼくに、聞いたことがあるほどだよ。

彼は、こうして、性に対してまったく無知な女にしておけば、結婚前にハレンチなことをしでかすこともないだろうし、結婚しても、他の男なぞふりむかない、貞淑な妻となってくれるだろうから、自分は安心していられると思った。

これは、お芝居の中のことだが、結果はどうだったか。その先を話すと、モリエールの「女の学校」が売れなくなり、苦情をいわれるかも知れないので、自分自身で読んでもらうことにする。

モリエールのいいたかったのは、性という語を口にするのをはばかるような、無知を押しつける教育によっても、結局のところ人間は愛すべき人間に愛を感じ、愛にみちびかれて、性を知るものだということであった。彼は、性に関する偽善的な道徳教育に反対だったが、そうかといって、積極的に教える必要もない、自然はけっこううまく出来ている、という楽天家であったようだ。

モリエールは十七世紀の人だから、性教育のあり方は現在ばかりでなく、三百年も昔から問題にされていたということがわかる。

わたしもモリエールに負けない楽天家だ。わたしは男だが、父や母も、わたしに特別な性教育をしてくれたわけではない。それでも、いつしか知るべきことは知り、それが証拠に、お前たち四人の娘がある。お前たちだって、必要なことは、必要が先生で、きっとおぼえることだろうと思う。当分の間は、お前たち娘を観察しているつもりだ。

ただ、最近はテレビというもので、子供たちは、おどろくほどのことを知っているので当惑する。七歳の千夏は、まだ「怪物くん」なんてのが好きな年頃なのに、この間は、平気でこんなことを言った。

「パパとママ、結婚しているんでしょ」

「そうだよ。結婚したから、お前も生まれたのさ」

何となく、結婚と子供の生まれることとの関係を、におわせる程度に返答する。これは、われながら心憎いほど、巧妙なさりげない性教育だ。この年頃の子には、この程度で、いいだろう。偶然に口から出た答えであったが、自分の答えに、あとから満足した。

「そんなら、結婚してるらしく、やりなさいよ。テレビの中で、結婚している人、みんなキッスするよ」

ところが、千夏は、これもさりげなくいったのだ。

「パパとママ、結婚してないみたい。パパとママとキッスしたことないんだもん」

わたしは、こうして危うく、千夏の要求で、みんなの前でお前たちのママとキッスしなければならなくなりそうだった。

「いや、パパとママだってキッスはするさ、キッスは、お前たちの見てないところで、ちゃんと……」

などと口に出かけて、ハッとして口をつぐんだ。お前たちの空想力に火をつけて、とんでもない性教育をやってしまいそうなことに気がついたのである。ともかく、このテレビのおかげで、こうした点では、どれくらい苦労させられるかわからぬ。だが、お前たちの娘どもが、はじらいもなく、それらハレンチな発言をするから、わたしは、ホッとためいきをつくのだ。

ともかく、まだ大丈夫らしい、こうした言葉を、はじらいのために、平気で口にすることが出来なくなった時、その時が問題であるなと逆に考えながら。

だが、ここで、性のことで、将来、お前たちに知っておいてもらいたいことがある。まだ早すぎることだが、いい忘れることもあるだろうから、ここで話しておくことにしよう。

そもそも、日本語は、一つの言葉を上につけたり、下につけたりして、新しいいくつもの言葉を作る。性という言葉と、文化という言葉をくっつけて作られた新しい言葉についていえば、上にそれらの語があるものに、ろくなものがない、ということだ。日本文化、西欧文化、古代文化などの言葉はよく、文化住宅、文化人、文化鍋、文化国家などの言葉は、はじらいなく口に出せぬ。性という文字の場合もそうだ。人間性、女性、男性、陽性、陰性などの言葉は、人前で大声で口にしても別になんでもない。だが、性生活だとか、性映画だとか、どうもあまり大声で口にするのをはばかる場合は、性という字が上についている。性というと、どちらかといえば人間の下半身に関係のある語が、上に出ると、おかしくなるらしい。

どうも、話が横道にそれる。話しておきたいということは、性は自然とともにあったのだが、人間が社会を作った時、性をめぐる呪縛によって、道徳というものが生まれたということだ。道徳という言葉は、天のきめた掟のようにいわれるが、天の掟は自然であり、自然をしばるものが道徳で、それ故に道徳は社会のうつり変りによって変るが、変らぬのは自然の掟の方だということである。このことは、しばしば、世の中で、さかさまに教えられている。

たとえば、女がおてんばな真似をすると、女らしくない、女らしくしなさいという。これが道徳だ。しかし、女は、何をしようと、どんなことをしようと、女以外ではありえない。これが自然の掟だ。

女が、男に負けずに仕事をし、柔道を習い、男を投げとばすようになりたいと思ったりする。思うことは、これも自然だ。だが、男に勝てても男になれぬ。これこそが自然の掟で、道徳感情は、その自然の人間の心情をしばる。道徳は、人間の心の中での自然な欲求と、それを社会的な体制をまもるために縛ろうとするものが、互いに押しあう二つの潮が潮目をつくるように作り出したものなのである。

そして、社会は、男の支配という形で作られて来たというわけだ。三百年前のアルノルフの妻の理想が、道徳的な女であったことは、それは、男にとって支配されやすい、男に反逆しない女性にしておくのが、道徳的であったことを意味している。

ギリシャの予言者アンフィアラオスは、

善良らしく見えるよりも、むしろ善良でありたい。

といったが、社会にとってこれほど危険な言葉はない。

女は、自分が、どうしたって男になれぬという自然の掟だけは忘れぬがいい。これは、そう時代時代ですぐに変るものでない。しかし、道徳は、自分たちの考えで、そしてたたかうことで、変えて行くことが出来る。わたしは、お前たち娘に、このことだけは忘れないでいてほしいと思う。わたしには、どうしたわけか娘しかないが、それで男を裏切るようなことをいうのではない。誤解せんでほしい。

太平洋戦争が終り、敗戦で大きな社会的変動が起った。旧い家族制度はこわされ、恋愛や結婚も自由になり、性の考え方も大きく変った。そのあとから、お前たち娘どもは生まれて来た。だから、どのような変化がその時に起ったのか、お前たちは知らない。

今まで貴族だといって、働かずに生活していた人たちも、生活力のない人たちは没落して行った。戦争で商売をしてもうけた金で、社会の上層にのしあがって来た人もあった。そうした中で、お互いが好きで結婚した場合でも、貧乏になった貴族の娘や息子が、成り上りものの子供と結婚したりすると、顔をしかめられたものだ。それ以前は、身分ちがいの結婚はしない、などという人もあった。

そうしたことを考えると、性の問題と社会の身分秩序の問題がからみあっていることがわかる。戦争が終って、旧家族制度がくずれ去ったことのもう一つの意味は、通婚圏の拡大であった。恋愛の自由という言葉の裏に、何が自由を束縛して来たのかを見なければならない。

たとえば、先生が生徒と恋愛するという場合がある。好きなら結婚すればいいと思う。だが、なかなか、そうはいかない。一人の男と一人の女としての自由な結びつきとして許してくれない。「先生が、生徒と、マア」なんて声が、どこからか出て来る。それが結婚という性的な結びつきをさまたげようとする力になる。つまり、社会的に、結婚を許される範囲というものは、案外せまかったりする。

こうした通婚圏は、人種だとか、地位だとか、年齢だとか、職業だとか、さまざまな要素で制限を加えられていた。医者が看護婦と結婚することも、昔はなかなか難しかった。わたしの知っている先生は、医局時代、看護婦が好きになり、結婚したために、教授から破門同様の扱いを受けた。現在でも、自分が被差別部落民であることが知れたら結婚がだめになりそうだ、どうしたらよいか、などと相談を受けたりする。身近な話をすれば、わたしは日本人、お前たちのママはフランス人だ。今でも、結婚の時に反対されませんでしたか、という質問を、時々受ける。そこには、意識的にではないかも知れないが、通婚圏の意識が感じられるのだ。

戦後、皇太子が平民出のお嫁さんをもらわれた。そのことが大きく取上げられた。それは皇室の通婚圏が、それまで皇族と華族という、せまい範囲に限られていたことを意味している。そして、この通婚圏の問題は、人間が社会の中で、形式上どれだけ平等化したように見えても、かくされた差別感がある時、それを暴露する形で現われるのだ。

米国で、黒人差別問題が起る。その時、平等化をとなえる人の中に、もし「自分の娘が黒人と結婚するといったら、反対する」という人がいたら、その人は、心の底では差別感を持っていると見なしていい。

性の問題というと、とかく考えたがらなかったりする人があるが、こんな風に、全然関係ないように見える社会の問題の底に、性とつながりあいがあることを、お前たちに教えておきたい。

わたしは、前に、たしか「らしくある」ということについて語ったはずだ。この「らしくあること」は、社会というものの体制を内側から支えている柱なのである。

今、あちらこちらで、学園紛争が続いている。そして、法とか秩序とかいう声が次第に大きくなっている。東大では、大河内学長が辞職した。大河内さんも大分悩んで、痩せたらしいが、その痩せた話がマンガに書かれた。「痩せたソクラテスの腹をしめるバンドに、もうこれ以上の孔はない」とつぶやくと、ズボンが落ちて、お尻が出る、というマンガであった。これは、最近にない、珍しい鋭いアイロニイと、ペーソスの含まれたマンガで、大河内さんの悲しくもこっけいな姿がしのばれた。

だが、わたしは、このマンガの中に、もう一つのイメージを、作者の意図とはちがって感じとったのであった。法的秩序というのは、裸の社会にそれなりの服装を着せ、それを締めているバンドのようなものである。

社会が悩みによって痩せ、もう法的秩序という締めつけのバンドの孔がなくなると、ズボンは落ち、かくすべき社会の性的な部分、つまりお尻が現われるということだ。

学生は学生らしくあるということ、教師は教師らしくある、ということで、社会の秩序は保たれて来た。人間の社会の中で、根元的な「らしくある」ことは何であろうか。人間の社会で、根元的な区別は、学生でも教授でもない。それらは、人類の歴史の中では新しい方の人間の区別である。最初の社会にもあったのは、性の区別だけである。男と女の区別である。つまり、人類の社会における秩序は、男らしくある、女らしくあるという区別であった。しかも、それは、一方が他方を征服し、その秩序をまもるために、らしくあることを要求したのである。

女らしくあることは、つつましく、でしゃばらず、おとなしく、男性に対して忠実であることを求めたものだ。つまり、らしくある、という考えは、男性支配の社会を支える、構造的な考えで、何故にという問いかけを拒む、考えなのだ。少し難しいかも知れぬが、よく考えてもらいたい。学生は学生らしく、という発想は、女は女らしくという発想をもととし、それを鋳型にして作られた発想なのである。

前にもいったかも知れぬが、学生が学生らしく、社長が社長らしく、労働者が労働者らしく、という言葉の中には、今まであったごとくあれという要求が含まれており、それは体制的なものを維持し、変革を拒むことなのだ。そして、そのもっともらしい(なにしろ学生は学生らしくという言葉はもっともらしく響く)表現の下に、ズボンが落ちてお尻という性的なものが見えるように、性的なものが現われて来る。

性について語るなんていうとすぐ、エッチねえ、などと反応する人間がいたら、それは、性の上に作り上げられて来た人間の思考や、社会の構造を考えられぬ人間である。

どうも、おかしな方へ話が進んで来たようだ。だが、進んで来たついでだ、性に関係あるものとして、暴力のことを考えよう。

戦後、性教育をどうするか、などと議論されたことがあった。子供に「赤ちゃんは、どうして生まれるの」と聞かれたら、親はどう答えるべきか、などということで、雄しべや雌しべの話から、動物の例などで説明して行くのがいい、という人がいた。

だが、その人たちは、動物学を知らぬ。下手に動物の性を観察させたら、子供が生まれる説明にはなっても、男の子たちにショックを与えるだろう。虫たとえばカマキリなどを観察すると、性のいとなみが終ると、雄は雌にムシャムシャと食べられてしまったりする。子孫の栄養となるためだ。こんなことを見た男の子は、女の子をこわがって、近寄らなくなるだろう。

実際、人間の社会だって、男はムシャムシャ食われないにしても、働いて、かせいで、女と子供のために瘦せほそるために生きているのだから、同じようなものだ。日本語に、親のスネかじりなどという表現があるが、その言葉の中に、あの雌に食われて子孫の栄養にされるカマキリの雄の運命を見るような気がする。親のスネ、この言葉は、おいしそうな大根のような女性の脚を連想させない。毛むくじゃらな男の脚が、ガリガリとかじられている姿を、目に浮かばせる。

身近なところで猫でも観察させれば、これも大変だ。雄猫は雄猫同士で、かみつきあい、ひっかきあいの大乱闘を演じる。そして、それに勝ちぬいた雄のみが、雌に近づきうるのである。それを見たら、人間の男の暴力も、こうしたところに根ざしていることがわかるだろう。動物を例にひいて、子供に性教育をするなんて、おそろしいことは、やめてもらいたい。

人間が平和な社会生活をいとなんでいても、その底に、性に結びついた暴力的なものがあることは、否定出来ない。だが、人間は、その暴力を、なぐり合いで示さず、形式の中にルールによってとじこめた。

スポーツなんてものは、人間の暴力的エネルギーを形式化したものに過ぎない。だから、男が、勝ち負けのハッキリしたスポーツを好むわけだ。野球なんて、その代表だ。暴力というと、三派全学連を思うのが現代の風潮になったが、野球も三派全学連のデモも、同じエネルギーによって支えられている。スタイルを見てごらん。野球も三派全学連も、ヘルメットをかぶっているし、棒がある。ただ一方は、それをゲバ棒というし、他方はバットと呼ぶだけだ。投げるものもある。一方はボールを投げるし、他方は石を投げる。ボールだって頭にあたれば骨にヒビが入る。

これだけ考えれば、野球が人間の暴力エネルギーを、ルールによって、はき出させているだけにすぎぬことがわかるだろう。ルールをまもらねば、野球も三派全学連も変りはない。巨人と阪神で、今年は乱闘事件があったが、ボールが石ころのように頭をめがけてとんで来て、バットを振りまわしてピッチャーにつめよったら、一瞬のうちに、野球は暴力そのものになる。スポーツは、一枚はげば、人間の性に結びついた暴力の変形だ。スポーツの強者に、女の子があこがれるのは、雄猫のボスに雌猫が従うのと同じだ。

性、この言葉は、何か現代の人間に表面上よそよそしく扱われている。じっと見つめ、それが、どのような役割を果たし、どこまで、われわれの生活を支配しているのか、人間は見とどけようとしない。

娘たちよ、わたしはお前たちにいいたい。性という言葉を、人間の男と女の風俗的なものにとじこめてはならぬ。性を観念としてとらえなおすことが必要だと。

人間はものを考える時、常に対立的に考える癖がある。陰と陽、白と黒、光と闇、善と悪。そうした対立的な二元論のもとを、人間の持つ二つの性に求める時、性を観念としてとらえるという、わたしの主張を、お前たちは理解するだろう。

難しいことをいったついでに、最後に、わたしの作った箴言を一つ。

性を観念としてとらえなければ
男は男の
女は女の
生まれてから息をひきとるまで、性の運搬人にしかすぎぬだろう

ノーベル賞のことわり方を考える作家教室

賞が受賞者に権威を与えるのではない。
受賞者が賞にそれを与える。

昭和三十九年の八月の末、わたしは一年足らずのヨーロッパ滞在をおえて、コペンハーゲン経由北極廻りの日航機で、東京に帰って来た。飛行機は、混んでいなかった。それでも半数ほどの座席はふさがっていただろうか。

窓ぎわに席をとり、隣に来た客がモロッコ人の医者で、フランス語が達者だったので、わたしは彼とずっとおしゃべりをし続けた。十六時間半、わたしたちは一睡もせず、何でもかでも、話のたねにし、おしゃべりのマラソンを続けたのである。このことから、わたしを大変なおしゃべりと、はやまって断定してはならない。

実をいうと、わたしは、どうも飛行機というやつが好かんのである。乗ると、なんとなく不安を感じる。眠るどころではない。そこで、その不安をごまかすために、おしゃべりをするのだ。相手のモロッコ人の医者の気持も同様であった。しかし、これは、お前たちのママには内緒である。

わたしは日ごろ、女のほうがゼッタイおしゃべりだと主張しているので、こんなおしゃべりマラソンの記録など彼女に知られると困る。今のところ、お前たちのママのおしゃべり長電話記録は、わたしが新宿で数度電話をしたがお話し中であり、飯田橋の家にもどったら、さっきお話し中の電話の続きをまだやっていたというものだ。この記録を、彼女はあまり光栄なものと思っておらず、しきりと相手がなんとおしゃべりだったかと感嘆して見せるのである。彼女が、わたしたちの記録を知り、その記録に挑戦するような気持を起さないためにも、このことは、お前たちのママには知らせてはならぬ。

ともかく、内容はどうということもなかった。目に浮ぶもの、頭に浮ぶものすべてについて、何でも話のたねにした。そうしなければ、十六時間半、たとえ会話の形とはいえ、おしゃべりのしっぱなしは難しい。

「日本にも砂漠があるか」

とモロッコ人の医者がいえば、

「モロッコの冬は寒いのか」

とわたしがかえすぐあいで、毒のない会話ばかりだった。わたしは、乗客の顔を見て骨相学の話をしたりもした。

「いいかね。通路をはさんだ向う側の席の、白髪の日本人だが」

わたしは、相棒にいった。

「あの、三人分の座席を占領して横になって毛布をひっかぶってる男かね」

「そうだ、そうだ」

「よく眠る男だな。コペンから乗ったが、離陸して、ベルト外してよしのサインが出たら、すぐゴロリだ。スチュワーデスが、食事を食べんかってゆりうごかしたが、起きようともせんぞ」

モロッコ人の医者は、あきれたような表情でつぶやいた。わたしは彼に小声でいった。

「その、あのよく眠る男だがな、あの男は日本の小説家の川端康成という人物に、非常によく似ておる。そもそも、ぼくもだな、ほんものは見たことがないのだが、他人の空似といっても、これほどよく似ている例は、あまりあるまいな」

アンカレッジで、燃料補給のために、空港内で朝食をとって時をすごす。わたしたちは、川端康成に似た白髪の老人と、同じテーブルになった。

「似とる。全くよく似とる。テレビに、そっくりショーというのがあるが、あの番組でぜひ本物と対決させるべきだ」

わたしたちは、そこでもおしゃべりを続けた。わたしたちはフランス語で話し続けていた。白髪の老人は、わたしの正面で、ただ黙々と、パンもミルクもコーヒーもとらず、オレンジばかりたて続けに二つ食べ、そして三つ目のオレンジに、ギョロリとした目を向けた。

「あの、ギョロリと凝視する目付き、あの偏執的ともいえる事物凝視の目、あそこまで真似られるというのは、もう立派なものだな」

わたしは叫んだ。

男は、アンカレッジから東京まで、また眠り続けだった。まるで眠りの森の老王であった。

「まだ眠っとるぞ」

「よく、まあ、あきないで眠れるもんだ」

とわたしたちはいったが、そこには、自分たちが飛行機がこわくて神経質に一睡も出来ないことについての、劣等感の反映もあったようだ。

羽田空港について、税関を通り、わたしは早々と外に出た。そして、お前たちにとりかこまれた。迎えの人の中に、急用があって来ていた雑誌記者の人がいて、わたしの姿を認めると、にこやかな顔で近づいて来た。ところが、その人は、わたしのほうに一直線に進んで来る途中で、急に方向を変え、

「あっ、川端先生」

と叫ぶと、あの、川端康成に非常によく似た白髪の老人の方にすっとんで行ってしまった。

わたしは、どうしてその時まで本人だと思わず、非常に似ている別人と思いこんでいたのだろう。ホンモノである可能性を考えなかった自分のオッチョコチョイさかげんに気づくと、われながら、がっかりした。

川端康成のホンモノは、自分のところにあわててとんで来た雑誌記者を見ると、腹立たしげにいった。その話し声が、わたしの耳に入って来た。

「この飛行機で帰って来ることは、誰にも知らせておらんのだ。それなのに、どうして、君は、この便で帰ることをかぎつけたのだ」

「いいえ、かぎつけたなんて。偶然です。別の方に用事があって来たら、先生がおられたので、すぐ御挨拶に」

雑誌記者の人は、相手の御機嫌の状態に気づいて、いいわけをした。

「ともかく、一人にしてくれ。わたしはくたびれている。コペンハーゲンから、羽田まで一睡もしておらんのだ」

川端康成のホンモノは、そういった。

やれやれ、わたしは、それを聞いて首を振った。「一睡もしておらんのだ、か。コペンから羽田まで、眠りの森の老王のように眠り続けていたくせに」

わたしは、その時、大文豪となるためには、このくらい堂々と、現実と正反対のことをいえるようでなくてはならんのだな、と思った。そして、おれのように正直では、とうてい、文豪などおぼつかないぞ、としみじみ思ったのだった。

今、この原稿を書いている時、その川端康成氏が、ノーベル文学賞を受賞する式の様子が、テレビ中継されている。そのテレビに大写しになった表情を見て、わたしは、急に四年前の羽田空港でのことを思い出した、というわけである。

川端康成、ノーベル文学賞受賞のニュースが入った時、そういえば、まわりの関係なき人間たちがなんという大騒ぎをしたものであろう。しかも、大部分の人が、それを川端という作家個人のことと考えず、日本文学の名誉だとか、これで日本文学も世界文学に仲間入りしたとかの感想をのべていた。日本国中、大喜びであり、ちょうちん行列でも始まりそうな気分につつまれていた。

総理大臣がお祝いの訪問をした。国会が、満場一致で感謝決議をした。わたしは、この騒ぎを見るかぎり、明治はちっとも遠くなっておらぬと思った。国会の議決など、全くのナンセンスである。国会議員の顔を見れば、大部分が、文学などと無縁なことがわかるし、感謝決議をするくらいなら、もう少し、日本語として聞かせるところのある演説を心がけるがいいのだ。このノーベル文学賞受賞を自分のことのように大喜びした人間たちは、他人の功績や、他人の名誉を、自分のものにすりかえる巧妙な手品師たちである。

これで、日本文学も、世界文学へ仲間入りした、といった文壇の長老がいた。こんない い方は、受賞した本人に向って、「あんた一人でもらった気持にならんでくれ」とイヤミをいっているような気がしてならない。考えてみると、非常に失礼な発言だ。しかし、これが日本的と呼ばれる習慣であり、ものの考え方なのであろう。亭主が偉くなると、奥さんの内助の功が、云々される。友人や先生も、本人をほめたたえることで、自分の果した役割に対して自分で拍手している。こうして、名誉の周囲には、本人になんらかのゆかりのある人間が、自分もこの名誉になんらかのつながりがありますよ、ということを示さんがために、顔を出そうとする。お祝いに花束もってかけつけるのだ。

だが、この大騒ぎを見て、日本人がいかに、西欧に対する劣等感から、ぬけきれておらぬかを、つくづくと思った。

そもそも「これで日本文学が世界に認められた」とか、「世界文学に仲間入りした」といった人たちよ、わたしは、その人たちにいいたい。あなたは、イヴォ・アンドリッツが、どこの国の作家であることを御存知か、そして、彼が、ノーベル賞をもらった時に、彼と同国人の他の作家の作品をあなたは、読もうとしただろうか。ラクスネスは、どこの国の作家か。彼がノーベル文学賞を得た時に、彼の国の文学は、やっと世界に認められたことになったのだろうか。日本人のほとんどの人が、それらの人々の名を覚えておらず、その生国を知らぬ。それなのに、「世界に認められた」という人たちは、きっと日本を世界の一部にいれてなかったのであろう。ヨーロッパを世界の中心と考え、そこで認めてもらえることを光栄とする気持を、かくしてバクロしてしまった。そこにあるのは地方文壇の人が中央の文壇にみとめてもらったと喜ぶ心情と、どこにかわりがあろう。

だが、正直のところ、このノーベル文学賞の話が出てから、わたしも、お前たちにいろいろと悩まされた。

「パパ、パパもノーベル賞もらったら」

長女の由希がいう。それを、お前たちのママが、わたしが何か妙な返事をしたら、例の「イヒヒ」という笑い声を立てようという顔で見つめている。

「パパにはくれんし、それに、いらん」

「でも、もらったら、いいじゃないの」

まるで、くれるという話があったような調子である。これには、返事のしようがなくて困った。

しかし、お前たちにも、いつかは、わたしの気持がわかる日が来るだろうと思う。わたしは、文章を書くようになり、作品を発表するようになって十年になる。その間、どんな小さな賞ももらわなかった。それが、今ではわたしの誇りである。何の賞ももらわない。だが、まだ書き続けることができる。それは、いくばくかの読者が、わたしが書き続けることを欲していてくれるからである。読者にサービスしようとはしなかったと断言するが、しかし読者を意識しなかったといったらウソである。心に常に読者への呼びかけの気持を持っていた。しかし、不特定多数の人たちに向っては書いたが、決して、ある特定の人たちに評価されようとも思わず、評価されることをもって満足する気持はなかった。

できるか、できぬかは別として、わたしたちが、試みなければならぬのは、創造だ。そして、創造というのは、価値の基準を新しく作り出すことだ。若い文学者たちが文壇の古い大御所たちのお眼鏡にかなうことをもって満足していたら、どうなるのだろう。

むかし、吉田健一という人が、エッセイの中で、横須賀線爆破計画の話を書いていた。もう十数年もむかしのことである。当時、彼は文壇の古い連中が死ななければ、自分たちの出るまくがないから、当時の鎌倉文士が、東京から引き揚げるころの横須賀線を爆破することを考えたとかの話で、わたしたちは、そのエッセイを読んで、「よろしい、やれっ」と、威勢よく叫んだものだった。

最近、本当に横須賀線爆破があったが、十数年前だったら、吉田健一氏あたりに、まず疑いの目が向けられたろう。本当に爆破する必要はないが、すくなくとも、小説を書こうとする人間は、年寄りたちから、「うまい」などとほめられることを恥とし、年寄りたちの評価の基準となるものを爆破する気持でなければならぬ。これが、わたしの心がけだ。

ノーベル賞は、確かに、世界でもっとも高い権威の賞である。しかし、その権威というやつは、誰が与えたのだろう。選考委員会が、えらい人たちの集まりだからか。いやいや、賞をもらう人よりも、選考委員のほうがえらいことはなさそうだ。すると、ノーベル文学賞の権威は、今までに賞を受けて来た人たちによって作られたことになる。そう考えると、もらった、もらったと喜ぶのは、どうもおかしい。むしろ、喜ぶのは、くれるほうでなければならない。

そもそも、ノーベル文学賞は、海のものとも、山のものともわからぬ文学者にはあたえられない。ある程度、評価の定まった人におくられる。だから、選考委員は、競馬の馬に賭けるような不安はない。逆に、自分たちに権威を与えてくれるような評価のきまった作家を探してくれればいいのだ。一番心配なことは、拒否されることである。まあ、私などは、ノーベル賞なんて考えるほど、まだ年寄りではないぞ、と叫んでおこう。

カザノバは、その回想録に書いている。

よいものを書くためには、わたしはただ仲間が読んでくれるということを思い浮べればいいのだ。

〈幸イニ、話ガオモシロケレバ、聞キ手ノホウデソウイッテクレヨウ〉（マルティアリス）

俗人たちに、わたしは自分が書いたものを読ませないようにすることはできないが、彼らのために書いたのではないということを知ってくれれば、それだけで充分である。

ものかきには、カザノバの、この覚悟さえあれば充分だと思う。

わたしは、自分が、作家になろうと志した時代から遠ざかり、次第に記憶がアイマイになりつつあるのを感じる。そのころのことを、わたしは、『しおれし花飾りのごとく』という小説の中に書いた。それは、青春小説というべきもので、題はアポリネールの詩、

しおれし花飾りのごとく
わがうちすてられし青春よ

から借りて、「うちすてられし青春」につながる、前の句をとったのだった。うちすてられし青春を書きたかったが、それを名指しで示したくなかった。わたしは、その小説に書かれた時代、自分のまわりにいた、何人もの作家志望者たちのことを思い出す。わたしはその中の一人だった。今、思い出して、その時代の失われた幸福を惜

しむ気持になる。そもそも、幸福というものは、どういうわけか失われてからそれに気付く。

そのころ、わたしは、古い雑誌の中から、変な文章を拾い出して来ては、皆に披露していた。自分の発見を、皆とわかちあいたい気持なのであり、自分が笑ったように、仲間も笑ってくれれば、それでよかった。

その当時、医学雑誌から、こんな一文を探し出した。それは、伴林光平という、「本是神州清潔民」という有名な言葉をはいた人の、屁についての論であった。彼は勤王党の男でもあり、医者でもあった。

> 甘菓香餌五辛酒肉ノ属ハ善ク之ヲ鳴ラスモノナリ（之ヲとはオナラのことである）。コノ故ニ、過食（たべすぎ）ヲ以テハ、夕ニ鳴リ、宿酔ヲ以テハ朝ニ鳴ル。屁ノ音ニ五アリ。文《ブン》、武《ブ》、皺《スウ》、窮《キユウ》、毘《ビ》。飲食、矩ヲ失ヘバ、数《スウ》ト鳴リ丘《キユウ》ト鳴ル。飽満下痢ノ際、毘《ビ》トナリ、毘《ビ》ハ微《ビ》デ、ダメ。健康ノ時ハ、文武《ブンブ》ト鳴ル。

わたしは、このユーモアを発見すると、和風ラブレーなどといっては推賞してまわった。健康ノ時ハ、文武《ブンブ》ト鳴ル、という文武のアテ字の面白さに感心したものであった。そうしたばか笑いの中で、どちらかといえば、現実には、うす暗く、冷たく、しめった感じのものであった青春を、すごしたのである。

わたしにとっては、幾人かの友人とこうしてすごした青春の日々は、いかなる賞、いかなる個人的な名声などというものにも、かえがたい。

正直のところを告白すると、わたしが、詩などを書きだしたのは、お前たちのママを、なんとかして魅了したかったからである。サローヤンは、
若い作家たちは美しい女たちがぞろぞろ集まって来るのを期待して、ものを書く。

といったが、全く正直に書かれている。わたしの場合は、美しい女は、ぞろぞろいる必要はなく、たった一人で充分であった。つまり、詩を書いた結果、わたしとお前たちのママは、一緒になり、お前たちも生まれたというわけだ。お前たちは、ママが、わたしに授与した、文学賞みたいなものである。

前にも、少し書いたが、わたしには女性恐怖があり、女性の前に出ると、落着かなくなり、ものをしゃべろうとすると、吃った。視線を落して女性の脚を見るのは、わたしがエッチな人間であるからではない。視線をおとすとそこにたまたま脚があるか

らである。この、女性恐怖の人間に、四人もの娘が生まれるとは、いったい、どういうことであろうか。ともかく、わたしは、お前たちのママと話をする時は、よく吃った。それで、吃りだと思われていたのであった。そのころの詩がある。「どもりの歌」というやつである。それは、今、読むと気はずかしい。照れくさい。しかし、すでに書いてしまっているのを、照れくさいからと、どうすることもできない。作家になると、賞なんてものをもらうような、いいことばかりではなく、人に読まれ、人に話をされるたびに、顔をあからめねばならぬこともある。

おおおおお　とわたしはいい
ああああ　とお前は答えた
わたしはお前と呼びたかったし
お前はあなたと答えたかった
ああああ　とわたしは続け
ああああ　とお前も繰返した

愛するとわたしは思い
愛してとお前はいう

恋びとたちよ　千べんも愛するといい
千べん愛を確かめあった君たちよ

君らは考えたことがあるか　ここに
一言すら　いいおわることのできぬ二人のいることを

わたしらは吃る　わたしらはためらう
ひとことの言葉の前で

口にはしたが　永遠にいいおわることも出来ず
わたしらは　ためらう　一言の言葉の前で

まあ赤らめついでの顔だ。この詩をこうしてお前たちに書いておいてやろう。こんなふうにして、吃っていたこともあったのだ。考えられん。どうも信じられん。わたしが、作家になろうとして過した日々は、つい先日のことであったように思われる。お前たち娘にしてみれば、わたしのような年齢になるまでには、ずいぶんと時間がかかるように思えるだろう。二十歳ごろ、今のわたしの年ごろの人間を見ると、ずいぶん、堂々とし、立派で風格のある人物のような気がしたものだった。いざ、自分が、その年齢になると、本当に、同じ年になったのだろうかと思う。だが、わたしたちは、そうして、錯覚的に見ながら生活しているのである。

過去をのぞく時、それは時の双眼鏡を通して、すぐ最近のことのように見えるのだ。だが、未来のほうに視線を向けると、今度は双眼鏡をさかさにして眼にあてたように、すべては、遠くへ遠くへと後じさりして行ってしまう。結局のところ、未来の方向には死があり、死をなるべく目に入れぬように、遠く小さく、後じさりさせるのであろう。死への恐怖が心理的にレンズの働きをする。

ともかく、四人の娘の中に、今、わたしのようにものかきになりたいといっているものが一人いるが、二十年先、本当にそうなっているかは、わからない。しかし、父として、経験者としていっておく。自分の作品を誇りに思うことのできる作家は幸福である。しかし、他人に、どれだけほめられても、見るたびに、読むたびに、気はずかしい思いにとらわれずにいられぬ場合だってあるのだ。もし、そのことに耐える覚悟がなかったら、作家などにならぬがよかろう。そして、その作品は、青春の作品だ。作家自身にとっては、こうした青春の作品は、自分が、自分自身の青春に対して捧げる賞のようなものである。ひそかに、自分自身のみに対して捧げるのである。作家は、カザノバが書いたように、その作品を誰が読むことも拒否できない。しかし、その作品が、誰に捧げられたものでもないことは、心ひそかに主張できるのである。そして、わたしのように、何も文学賞を受けずに来たことを、ヤセガマンであっても、誇りに思う人間は、それはそれなりに、自分で自分に対して、賞を出しているようなものである。

由希、お前は、この数日前から、デュマの『三銃士』を読みはじめた。そして、この本を、途中でおけないで困っている。誰でも、経験のあることだ。

「パパ、このお話、最高におもしろいよ」

由希はわざわざそういいに来て、寝不足のわたしを起す。わたしが起きると、今度は、妹どものところに行く。

「この話は、スゴク、おもしれえったらないんだゾォッ」

この物語に興奮させられているのである。はた迷惑な読書だ。そして、家中の人間を片端から全部起してまわったあと、また、わたしのところにもどって来ると、いうのである。

「パパ、どうせ書くなら、三銃士みたいな話を書きなさいよ」

わたしは、うるさい、とどなり、由希を追い払いながら、寝床の中で静かに考え続ける。

「パパ、パパが書かないなら、由希が書くからいいよ」

由希は黙っているわたしに、そういって帰って行く。

十年したら、お前が本当に、ものを書くような気持を持っているか、どうか。もし、持ち続けたとしたら、わたしが、寝床の中で、つぶやいていたことを、知るがいい。

想うが書くの始めなり　　ホラチウス

健康を鼻にかけさせぬための狂気論教室

精神の正常とは、
数ある狂気の一種にすぎない。

今、わたしはねむい。はなはだしくねむい。昨日、東大で乱闘があり、機動隊が入ったりで、わたしは十二時すぎまで、テレビを見続けた。そして、ちょっと眠ったと思ったら、同じマンションの一画で火事があって、起されてしまった。おかげで、ほとんど眠れなかった。そして、今、ぼんやりとした頭で、火事のことを思い出している。

火事というものは、どんな小さなものでも、非日常的な出来ごとである。そもそも、火事などが日常的なのは、消防以外にない。そして、この火事という非日常的な事件の急の到来で、わたしは人間が、自分の日常からぬけ出すことが、簡単なようでどれだけむずかしいかを、つくづく知らされたのだった。明け方の二時ちょっと過ぎ、わたしと、お前たちの母親（ああ、いつもどうして、こうまわりくどいいいかたをするのだろう）とは、リリーンというベルの音で目が覚めた。目は覚めたが、心は覚めなかった。二人とも、目覚まし時計を探した。だが、見つからぬ。「泥棒だ。目覚ましを盗まれた」とわたしは、とっさに思った。だが、目覚まし時計が盗まれるはずがない。置いてないのだから。置いてないものを盗むなんてことは北杜夫の伝える「怪盗ジバコ」をもってしても不可能だろう。そこまで考えて、わたしは、

「あれは、火災の自動警報装置のベルだ」

と思い当った。

だが、マンションの中は、静まりかえっている。

「人騒がせな。また故障だな。そもそも、この警報ベルというやつは、火事でないとき故障で鳴って、火事の時には故障で鳴らないときている」

わたしはぶつぶついった。わたしは、先ずベルの故障という日常的なことを考え、本当の火事だ、とは考えなかった。それを、なるべくものごとを深刻に考えまいとする楽天主義と呼ぶことも出来るだろう。しかしそれが楽天主義であるなら、なんのことはない、楽天主義とは、日常的な反応からぬけ出さぬことにしかすぎない。だが、今になって落着いて考えてみると、あらゆる楽天主義の真の姿は、こんなものではないか、という気がして来る。この火事のおかげで、そのことを学んだのであった。お前たち、娘の学校の生徒たちも、校長のこのガメッサを学ぶがいい。

さて、静まりかえっているマンションのどこかで、火事が起っているかも知れないと思ったわたしは、起きるなり外に出ようとした。だが、服を着なければならぬと気

がつくと、闇の中で、ズボンだ、セーターだと探して、ボタンもはめずに（上着のボタンである。ズボンのではない）、外に出た。そして、二階、つまり、わたしのところより一階下の、一番奥まったアパートから、煙がもれ、一人二人の人がかけつけているのを見ると、大変な沈着さで、まず家にもどり、闇の中でようやく服を着おえ、闇の中で髪までとかしたお前たちの母なる人に、子供を起し、とりあえず外に避難しろ、大したことはないが、子供は早目に外に出した方がいい、自分はこれから消火に行くと告げて、また現場へともどった。

だから、これから先、お前たちに関することは、母親の報告である。

「火事よ。起きて、服を着なさい」

闇の中で、お前たちは、一人一人、ゆり起された。千夏は、起されると、拇指をしゃぶりながら、何もいわずに、便所へと直行した。夜中に起されるのは、おねしょ予防にきまっていると、千夏も全く日常的反応を示したのであった。

「火事なのよ。おしっこぐらい、あとにしなさい」

そういわれて、千夏は、またベッドへ用も足さずにもどった。

美都は、いくら揺り起しても、なかなか目を覚まさない。由希はといえば、火事と聞いたら、自分の好きな服を、ものもいわずにまとめだした。しかし、それらは、すべて闇の中でのことだった。

美樹だけが、起されたとたんに、

「電気つけて」

といった。それまで、美樹以外の誰もが電気をつけるのを忘れていた。わたしは、明りをつけなかったのは、他人の安眠をさまたげまいという日常的な反応であったと思う。お前たちの母親は、それを戦争中の空襲下の習慣があらわれたのだというが、その可能性も否定できぬ。ともかく、美樹以外は、闇の中で、ものを探しまわらなくとも、明りをつければよいのに、それに気づかなかったのである。美都は由希のように、手ばやく、何を持ちだすか、きめられず、しかし何か持ちださねばならぬとは思ったらしく、「何を持ちだしたらいいの、何がわたしに大切なものなのよ」と、まごついている。

「火事なのよ」といわれた時、美樹だけが、起き上って、

「逃げよう、逃げよう」

といった。

美樹は、まだ三歳にならない。そして、この年齢では、日常的なことと、非日常的なことと区別をすることが出来ない。それが、逆に、年齢の多いものたちよりも、素

直で自然な反応をさせるのであろう。

さて、火事の方は、ある設計会社が事務所につかっているアパートで起った。酔って事務所にもどった人が、石油ストーブを倒し、それから火が出たらしかった。大したことはなかったが、部屋の中は、めちゃめちゃになった。消防ポンプが来て、五分もしないで火は簡単に消えた。わたしは、心やさしい人間であるから、そのストーブをひっくりかえした人が、翌日、会社の社長さんに叱られることを考えて、同情した。しきりに同情していると、アパートの人が、

「心配ないですよ。あの人が社長さんですから」

と教えてくれた。他人のことだがホッとした。もちろん自分の失敗をくやんで心を痛めるだろうが、その上、他人からおこごとをもらわないですむ。何とわびようかなどと、一晩中考えないですむ。社員でなく、社長でよかった、とわたしは思った。だが、翌日になって、わたしは、社長さんが、奥さんに、したたかおこごとをいわれたという話を聞いた。そして、社長さんよりも、コワイ人が世の中にあることを忘れていたとは、どうもウカツなことであったと、思いなおしたのである。またしても、わたしは、日常的な思考にとらわれていたのであった。たとえ、家庭から離れた仕事の場での失敗であっても、非日常的な火事という出来ごとである。それが、仕事の場だ

けにとどまらぬ反応を呼び起す。当然のことなのだ。

火事というのは、非日常的な状況だ、といった。だが、それは、わたしたちにとってのことだ。消防にとっては、火事は日常的な状況にすぎない。火事は、消防が来ると数分で消え、一時間もしないうちに、引き揚げて行った。

「現場に決して手をつけないでおいて下さい」

といいのこして。

再び、アパート全体が静まりかえった時、わたしは、持ち前の好奇心から、火事場に行った。すると、アパートの管理人が、内部を調べていた。消えたはずなのに、アパートから、煙が未だもくもくと出て来るのである。わたしも中に入ってみた。すると、下を見ていればわからないが、上を見ると頭の上の棚いっぱいの書類のファイルや雑誌類が、今にも焔を出しそうに、ふいごの炭のように真赤に燃えているのだ。何が完全鎮火なものか。消防なんて、無責任きわまると思った。わたしは、管理人が、それらに水をかけるのを手伝ってやった。

ところが翌日になると、管理人は、消防に、何で現場に手を加えたか、と詰問されたらしい。何たることか。消防は、危険な残り火を始末せずに帰ったことは、ちっともわびようとせず、現場に、あとから人が入ったことを問題にする。だが、これも、われわれに非日常的なことがらが、消防にとっては日常的なこと、というくいちがいから来るのだろう。

火事という、お前たち娘どもも、当分は忘れることがないであろう体験から、人間が日常的な思考から、ぬけ出すことがどれだけむずかしいか、そしてどれだけ日常的な基準で非日常的な出来ごとをはかってしまうかを、ここで話したかったのである。現代は、ハプニングの時代でもある。急に非日常的な事件が起り、そして、それが、いつの間にか日常化してしまう。しかも、それは社会全体に及ばない。非日常的な状況を日常的なものとしたグループと、そうでないグループとが、消防とわれわれとのようなぐあいに、いくつもあって、対立やくいちがいが生まれて来るのである。

東大紛争などは、お前たち娘どもにはあまり縁のないものだが、おそらく、お前たちが大きくなった時でも完全に忘れさられることではないであろう。月に人間が行くという時代に、日本の最高の大学といわれる大学で、石器時代にもどったかと思われる石合戦が行なわれたのである。さらにそんな時代があったかは知らんが、角材という木器時代的闘争も、見られたのであった。

わたしたちから見れば、まさにナンセンスであるが、問題の渦の中の人には、全く大まじめなことなのであった。たとえば、安田講堂が、学生に占拠されたが、そこで学生は寝泊りして生活していた。戦国時代的思考で考えたら、占拠された建物の電話線を切り、ガスも水道も電気も、すぐにとめられてしまっただろう。そうしたら、封鎖は、それほど長く続けられなかったであろう。ところが、それらは、ただで供給され、しかも、その費用は結局のところ税金でまかなわれたというわけだ。奇妙な日常性と非日常性の雑居だ。それに、スト派の中には、大学から給料をもらっている助手の人たちも加わっていた。その人たちも、月々給料はもらい、年末のボーナスまで、きちんとその日になるともらっていたという話だ。税金大学の日常性は、スト、封鎖という非日常的な状況の中でも、死に絶えなかったと見える。考えてみると、全くおかしなことだ。これが権力との対決ということであるなら、お坊ちゃん的な甘い対決だ。

どうも、話が本題に入らぬ。そもそも、今日、お前たちに、狂気と文学について話そうと思っていたのだ。狂気は非日常的なものである。その点で、関係のない話ではなかったのだが、それでも少し遠まわりしすぎたようだ。ここで、最後に一つだけいっておく、そして、話を進めることにしよう。わたしは今まで、日常、非日常という言葉を数えられぬほど繰返したが、それは決して絶対的な対立ではないということだ。

日常性とは、非日常性の一種にすぎない。

これは、娘の学校の校長として、今日、お前たちに与える命題である。とかく、非日常性は、日常性からの逸脱だとしか考えられぬが、それは日常性の世界から見ているからなのだ。たとえば、赤ん坊にとっては、日常性などというものはなかった。生まれ出たところで、赤ん坊が接したのは、非日常的な、生まれてはじめての経験ばかりだったにちがいない。

そして、非日常的なものも、その繰返しによって、人間に日常的なものになって行く。そう考えれば、お前たちに与えた命題の意味がわかるだろう。

さて、狂うということも、正常という日常的な世界から、狂気という非日常的な世界への逸脱だ。そして、お前たちに示した命題からひき出されることだが、正常な精神というものも、狂気の一種にすぎぬといえる。正常だということは、単に正常に狂っているということにすぎないのだ。こう考えることで、はじめて、正常も異常も含めた精神全体を眺めることが出来るようになる。

わたしは精神科医になり、精神病院という非日常的な世界で、長い間、生活した。それと同時に、もの書きにもなった。そして、狂気の世界を通して、正常と呼ばれる世界を眺めるようになり、そうした見方から、ものを書いたり、発言したりするようになった。だが、わたしは、とかく精神科医というものは、誰でも狂人あつかいにするという批評をこうむりがちであった。たとえば、夏目漱石の病気について、あるいは彼の小説の中に見られる病気の痕跡について語ろうとすると、「漱石が狂人であったら、あんな作品を書けるはずがない」と、てんで問題にしない人たちに出会ったのである。そのような人たちは「健康は何ものにもまさる宝だ」などという、理由のない命題から、すべての考えを出発させていたようであった。わたしは、しばしば、そのくいちがいに嘆息したものだ。

泉鏡花は、天才的な作家だが、彼には非常に強い強迫症状があった。それは、彼のまわりの人々からは、異常に強い潔癖と見られていた。たとえば、彼は、不潔な感じがして、さしみなど生の食べものが食べられなかった。どうしても食べなければならぬ時は、熱湯を通してから食べた。熱湯を通したら、さしみは、もうさしみと呼べるものではない。

日本酒も、普通の燗では黴菌《ばいきん》が死なぬからというので、一度沸騰させ、煮え湯のような燗のものしか飲まなかった。これが後世「泉燗」と呼ばれる、伝説的な熱燗の挿話のもとになったのだ。味覚的な要求からでなく黴菌の恐怖から、「泉燗」は生まれたのである。しかし、世の中には、尊敬する人のものであったら屁のにおいまで素晴らしいといわずにはいられない人間がいるもので、そうした人たちは、うっかり飲んで舌をやけどしたりしながら、それでも、

「酒は泉燗に限る」

などといっているのである。こうした人の中に、食通を自認し「うまいもの」の本を書いている人があるのだから、「うまいもの」の本なんて、あてにしてはならぬ。

番茶も同じことであった。なにしろ黴菌を殺さなければ不安だというのだから、簡単に想像できるだろう。これも、ぐらぐらと煮えたぎったお湯を使う。ただそれだけでは不充分な殺菌にしかならないというので、さらにそれを火にかけて、煮えたたせた。これが、やはり「鏡花先生の番茶」として有名になったものだ。何でも煮ちゃおう、というわけだ。この番茶も、多くの追随者を出した。

こうして、鏡花の強迫症状は、数多くの彼に関するエピソードのもとをなし、そのエピソードによってつづられた彼の人間像に、ユニークな、個性的ないろどりを与えたのであった。

彼が立ち小便を嫌ったのも、立ち小便そのものが、非文化国家的であるという、現

代的な発想から来たのではない。立ち小便をしたら、そのあとで、手を洗うことが出来ぬから、不潔きわまりないと感じられたのである。だから、たとえ、便所で小便をするものでも、わざわざ手洗いがあるのに、大の方のあとなら手を洗うが、小の方のあとは洗わないですませるという、区別を厳然とたてているものがあったりすることを気にしていた。

ある記者が、用件のために彼の家をたずね、大作家、大文豪といわれた気むずかしい鏡花先生に会うと考えただけで緊張し、その結果として、門前に立っただけで、自然の要求を感じた。その気持は千夏にはよくわかるであろう。挨拶したとたんに、ちょっとお許しを、というのもかっこうが悪いし、大先生の前でそれをいい出せずにもじもじして、原稿の注文がだめになっても困る。そこでまず用を足し、気持を軽くした上でと、門前で必要な行為を始めたのだ。夜であった。闇というのは、人に見られぬという利点がある。だが、世の中のいいことは、常に一方的にいいことではない。夜は、物音が少なくなり、小さな物音でも響くという不都合な点もある。音が思ったより大きいぞと感じた瞬間、鏡花先生の二階の戸が、ガラガラと猛烈ないきおいで開いた。

「そこで立ち小便をしているもの、泉鏡花の家に用があるものだったら、家には入れさせんから、そのまま帰れ」

彼は、大声でそう叫ぶ大文豪の声を聞いたのであった。

わたしも、必要にせまられて、自然の中で用を足すことがある。そればかりではなく、その時の解放感に、「よくぞ男に」という幸福感さえつけくわえて感じるほどだ。だが、そのたびに、

「昔、鏡花先生という文豪がいて、その家をたずねた一人の記者が……」

というエピソードを思い出して、ニヤリとするのである。その微笑を見て、エッチねえ、などとつぶやいてはならぬ。

鏡花は、旅行を好まなかった。旅館で出される食事も、いったん火を通してでなければ食べたがらなかった。彼が夫人を連れて旅行し、夫人が旅館の食事に自ら手を加えて彼に食べさせたという、美談めいたエピソードを読んだこともあるが、そのエピソードは、こうした彼の不潔恐怖から生まれた。

旅館では、それも出来よう。だが汽車の中では、汽車弁を煮なおすことは出来ぬ。どうしても汽車の中で食事をしなければならぬ時、彼は汽車に七輪を持ちこみ、うどんを煮て食べた、という。大文豪、かならずしもエピソードが多いとは限らぬ。だが、

鏡花の一生は数えきれぬほどの、こうしたエピソードにみちている。そして、それらのエピソードは、人なみはずれた彼の文学的才能の伝説の一部をなしている。それは狂気という非日常的な世界から見ると、ごくありふれた不潔恐怖の人間の一人の、ごく当然な行為にすぎなくなる。逆に、日常的な世界から見ると、美談になったり、おどろくべき潔癖ということになったりする。

お前たちは、幸か不幸か、精神科医の父を持った。そして、この二つの、日常的な世界と、非日常的な世界とに触れながら育った。だからお前たちは、この二つの世界を、同時に見わたすことの出来る人間になってほしい。

今日の娘の学校の講義は、ちょっとばかりむずかしいかも知れない。だが、これは非常に大切なことである。

わたしが精神科医として働きながら、しばしば感じさせられたのは、正常という日常的世界に属する人間の、狂気という非日常的世界の人間を疎外しようとする態度であった。その象徴が、精神的な健康を鼻にかけることだ。あるいは、病人に対する同情というやつだ。人間は、芝居の中で、死と発狂を、悲劇の結末として用いて来た。イプセンの「幽霊」を見るがいい。十九世紀の終りごろになっても、人間は狂気を死と同様に考える考え方から、自由になることは出来なかった。日常と非日常とは、善と悪、生と死、光と闇といった対立の上に成りたつ人間の考え方、対立的な思考のパターンから、自由になれなかった。善は悪の一種であり、生は死の一種であり、光は闇の一種であると考えた方が、どれだけ自由になれるだろう。こうした対立が、人間の疎外のもとになっている。

お前たちは、フランス語で狂気をアリエナシヨン、狂人をアリエネーということを知っているだろう。このアリエナシヨンという言葉は、疎外という言葉でもある。この言葉は、アリウスというラテン語の他者を意味する言葉から来ている。つまり狂人は、自分たちの日常的世界から他者となったものだ。だが、狂人が自ら他者となったのではない、他者とされたのだ。差別されたのだ。

「可哀そうに、狂ってしまった」

という同情の裏側には、狂っていないものの不遜なおごった感情がかくされている。同情は、自分は幸いにも狂っていない、という気持が基礎になって出来あがる。狂うことが可哀そうに思えるのは、狂ったものに対する優越感のあらわれだ。狂気の立場で見ようとしないから、狂気と正常とを等分に見ることができなかったのだ。

この人間の疎外という問題に目をつけた哲学者の一人がマルクスだ。彼は社会の経済的政治的宗教的な条件が、個人をその属している社会から疎外し、物質として扱わせるといった。なるほど、そうではないか。たとえば、お前たちは新聞を読めば、現代の日本で中学卒業者が「金の卵」だなどと書かれているのに気付くだろう。「金の卵」、これほど人間を物質化した象徴的な表現があろうか。金が価値のある物質だとて、物質にちがいない。こうした、人間の疎外の歴史の中で、最初の疎外の一つが、狂気であった。このことは、おぼえておいてほしい。そして、この疎外は、狂気以外にも、マルクスのいうように、われわれの正常とよぶ世界に生まれつつある。正常は狂気の一種だとわたしがいうのは、決して逆説などではない。

二十世紀になって、文学の中で、この狂気の問題を、最初に日常性の世界とのつながりの中で考えたのは、ピランデルロだった。ピランデルロの奥さんは精神病になった。そして何度か治療を受けたが、完全に治癒せず、彼は医者から、病院におくよりは、自分の家で面倒を見てやるようにいわれた。そして、病妻と彼の生活が続けられた。彼は家にとじこもって仕事をしている。そして奥さんが外に出る。長い間、彼の家の近隣の人たちは、その奥さんの話を聞き、病人はピランデルロであり、奥さんではないと信じこんでしまった。

その体験から、彼はこの社会の中では、病人であることは、病気であることであると同時に病人とされることなのだ、ということを知ったのである。そして、病人とされる非日常的な状況から、彼は、ある人間を病人ときめつけている社会を眺めたのだった。彼のもっとも有名な芝居の一つである「アンリ四世」は、そうした見方から書かれた。その芝居を見ると、人間はついに人間であることが出来ず、人間を演じることしか出来ないことが、しみじみとわかる。カーニバルでアンリ四世になった男が、馬から落ちて、狂い、自分自身をアンリ四世だと思いこむ。そして、自分の周囲の人間に、アンリ四世のまわりにいた人間を演じさせながら生きている。彼は、もうずっと前から正気にもどっている。だが、彼は、それからもアンリ四世を演じ続けねばならぬことになる。

彼は、その芝居で、われわれの日常性の仮面をひんむいて見せたのだった。

それまで、文学の中で、狂気は悲劇の結末として、道具だてにしか使われなかった。イプセンの「幽霊」でも、芝居は発狂までで、狂気は彼岸のものだったのだ。だが、ピランデルロは、狂気の側に渡ると、正常は、決して彼岸ではなく、正常に狂っていることにしかすぎないと考えた。

日本にも、ピランデルロのように、病妻を持った作家があった。詩人の高村光太郎だ。それに、現在では島尾敏雄という小説家がいる。高村光太郎は、妻とともに彼岸にわたってしまいすぎたようだ。彼は、正常を彼岸としてしまい、正常こそ狂ってしまっているという立場をとった。島尾敏雄の場合には、彼岸も此岸も区別しなくなったが、しかし、それをあまりにも個人的な世界として扱いすぎている。そんなふうに、感じられる。

そこには、まだ狂気を、善と見たり悪と見たりする、とらわれた考えがある。いつの日に、人間が、こうしたとらわれから自由になる日が来るだろうか。

狂気というものは人間にしかない。人間が変れば狂気も変る。それは、正常とよばれるものも変っているということだ。ただ、正常というものの変化は目に見えない。それはそれだけのことである。十年前、精神病院には誇大妄想の人間が何人もいた。それは日常的なことだった。病院には大てい、自分が天皇だという患者が一人二人はいたものだ。将軍や大臣もいた。だが、最近、そうした誇大妄想の患者は、めっきりと減った。もし、いたとしたら、その患者は時代おくれの、流行おくれの患者だろう。そして対照的に、われわれの正常とよばれる世界は、誇大的なものにみたされた。「大バーゲンセール」「市価半値」「大出血サービス」「大奉仕価格」そんな文字に満ちあふれている。そんなに出血ばかりしていたら、とうに死んでしまっているだろうにと思われるほど、出血のとまらない血友病みたいな店がある。誇大宣伝の時代だ。兵卒が大将を名乗る時代だ。

誇大的な時代が、誇大妄想を地上から消そうとしているともいえる。それだけ、正常が変化したのだ。その変化を、わたしは、狂気の変質を見つめながら感じとる。

どうも、今日は、むずかしい話ばかりしたようだ。もし、わからなかったら、わが娘の学校には落第も卒業もないのだから、わかる時まで待つがよろしい。

最後に、今日の講義の結論として、お前たちにいおう。人間は、たとえば「大地に根をおろせ」などという比喩的なお説教に、苦もなく同感してしまう。そして「根なし草になれ」などと説教する人は、一人もいない。だが、大樹は大樹の、根なし草には根なし草の、それぞれの生き方の理由がある。ただ、人間が何となしに確乎としたものを求めたいという心情に、「根をおろせ」という言葉がたまたまアッピールしただけだ。

しかし、大地に根をおろすということは、同時に、大地にとらわれの身となることだ。樹木が自由を口にしても、それは風に梢をなびかせるだけの自由でしかない。われわれには、自由で確乎としたものをのぞむ権利はない。二つに一つの選択しかないのだ。わたしは、とらわれなく考えるという方をえらんだ。そして、お前たちも、自由に考えることをえらぶのなら、まず自分の思考が根をはっている大地を意識すべきだ。人間は、それと知らず、どれだけ長い間、とらわれの身であり続けたか。

ニュートンはりんごの落ちるのを見て、人間が、この地上に重力でしばりつけられていたことを発見した。それまでも、人間は重力にとらわれていたのだが、それを知らずに、生きて来た。

人間が、今、月に旅立つことが出来るのは、ニュートンが重力を発見し、地球に人間をとらえている、重力という鎖を示したからだ。

人間の思考は、日常性に、とらわれている。正常性にとらわれている。そのとらわれの重力を発見せずに、思考の自由を得られるだろうか。わたしは、お前たちに、そのことを知ってもらいたかったのである。

さて、娘の学校に卒業はないと最初にいったが、しかし休みは必要だ。すくなくとも、校長には休息が必要である。お前たちも、しばらくは、休暇を楽しむがいい。そして、お前たち、娘四派全学連が、バリケードで娘の学園封鎖をしない限り、再び新しい学期に入ることにしよう。

あとがき

人間、一人一人は、越えがたい孤独の深さによってへだてられている。その自覚が、互いに、手をさしのべようとさせる。作家に、ものを書こうとする衝動を与えるのは、この、他人の心との交通を求めようとする意志、コンミュニケーションの意志ではなかろうかと思う。しかし、このコンミュニケーションの意志は、作家の文章を書こうとする姿勢によって、さまざまな屈折をする。

作家は、現実には、常に、不特定多数の読者に語りかけている。読者を考えないといったらうそになる。だが、読者のためにだけ、書いているのではないという意識も常にある。一方では、読者の前に「作品」という、物としての姿で言葉を投げ出さざるをえないのに、他方では、その言葉が、拝物的に物としてしか扱われないことに、心の痛みを感じる。

わたしは、この本を、自分の娘たちが大きくなった姿をイメージにえがくことで、そのイメージに向って語りかける形で書いた。それが、ともすると、不特定多数の読者という、つかみがたい存在の前に立たされた時、ためらいがちになり、ひとりごと的な姿勢をとりたがるわたしに、コンミュニケーションの意志をとりもどさせてくれた。

そして、こうした姿勢をとることで、やさしいことを書くのと、やさしく書くことのちがいを、わたしは学んだのだった。

わたしは、読者が、この本に書かれた内容を学ぶのもいいが、「やさしいことを書くのと、やさしく書くことのちがい」をも、この本を通して、知ってもらいたいと思う。

著　者

解説　子どもと共に生きること

ドミニク・チェン

名著と呼ばれる書籍に共通するのは、いつ読んでも瑞々しい印象を与えてくれるということだと思う。刊行から50年以上が経った今、再び世に出る本書は、まさにそのような一冊である。わたしは『娘の学校』を２０２１年に読み、自身の持っていた子育てのイメージを膨らませてもらったし、ぜひ多くの親たちに届いてほしいと願った。だから、文庫版が復刊されると聞いた時には、とても嬉しくなった。

本書は、４人の幼い娘と妻と暮らす著者が、彼女たちと真剣に向き合って生きた記録である。真剣に、というのは、子どもたちの成長をあたたかく見守る年長者の眼差しを持ちながらも、対等な存在として接しているという意味である。別の言い方をすれば、著者は、娘たちと家族関係であることを当たり前のこととして捉えていないのだ。もちろん、生物学上の「父親」であることは否定しない。それでも、娘たちが生まれた時から著者が校長を務めるヴァーチュアルな学校に入学した、という設定は、自らをあくまで子どもたちにとっての他者として位置づけようとした試みではないだろうか。一見すると威厳のあるキャラクターのように感じられる「校長」という役職は、実は脆弱な存在である。実際の学校でも、校長は担任教師よりも遠い存在だし、何をしているかよくわからないが偉そうだ。象徴的存在である分、生徒たちにはいじられやすくもある。そんな弱いポジションに自分を置いてみている点からは、自嘲の念もいささか含まれるだろうが、著者に独特の倫理観が感じられる。この観念こそが、本書が現代においても引き続き、参照されるべきものであるとわたしは考える。

その上で、著者は親としての自分に、さらに自制を課している。「禁止することを禁止する。禁止されなければ何でもする人間を作らぬために。」（「ニキビと落書きについて語る学園スト論教室」冒頭のエピグラム）という一文は、父としての著者自身に重く作用するものだ。わたしも、一児の親として、また大学教員としても、この文章を繰り返し思い出している。本書では、１９６８年の五月革命の渦中にあったソルボンヌ（※68年当時はパリ大学人文学部のこと。２０１７年にパリ第四大学と第六大学が合併し、ソルボンヌ大学となっている）の壁に落書きされていたものとして「禁止することを禁止する」という文章が紹介されている。貼り紙や落書きを禁止する命令に対する抵抗として書かれたものだろうと著者も推察するが、当時のド・ゴール大統領の強権的な政治に反対し、抑圧からの解放を叫んだ大勢の学生たちによるデモとストの波は、著者に対しても大きな影響を与えたことだろう。そしてこの章の冒頭では、「禁止されなければ何でもする人間を作らぬために」という一文が著者によって追加されている。

そんな時代背景から切り離して、現代においてこの命題について考えてみる。「禁止することを禁止する」こと、それは子どもの親にとっては実にさまざまなジレンマをもたらす。子どもを大人が保護すべき、導くべき弱い存在として見る限りにおいては、さまざまな禁止事項が必要となるからだ。乳幼児からティーンエイジャーまで、身体や精神を危険に晒す行為を禁止することは、親であれば絶対に避けられないし、避けるべきでもないだろう。しかし、なだいなだが語る禁止の対象は、より抽象度の高い次元を指している。一言で言えば「思想の自由」ということになる。社会のなかで既に定まっている多くの事柄に対して「なぜ」という問いを投げかけ続けることが、自分自身の世界認識の視座を獲得する上で必要であることを、著者は娘たちに伝えようとしているようにみえる。

「なぜ」を問う実践は、日常生活のなかのふとした瞬間のあちらこちらで湧き出ている。子どもたちの何気ない問いに、「そう決まってるから」とか「しかたがない」とばかり答えていたら、世界は途端につまらないものになってしまい、「なぜ」と問うこと自体が抑圧されてしまう。親の無関心は子どもが考えることの関接的な禁止につながるのだ。他愛のないように見える疑問にも、もしかしたら子どもの悩みが隠されているかもしれない。なだいなだが娘たちと実際にどう接していたかを知ることはできないが、日常において子どもたちの一言一言と真剣に向き合おうとした彼の姿勢が感じ取れる。

もうひとつ、わたしが本書を読んでいて想起したのは、人類学者グレゴリー・ベイトソンの「メタローグ」という実践だ。ベイトソンは、娘のメアリー・キャサリンをしばしば本に登場させて、自身と対談させている。父グレゴリーが考察する様々な議論に対して、娘メアリー・キャサリンは忌憚なく異議や疑問を投げかける。それを受けて、グレゴリーはさらなる説明を余儀なくされる。しかし、これは実はグレゴリーが想像した架空の対談であり、実際になされた会話ではない。このように話者同士の関係性に応じて内容が決定する、対話形式の文章のことをグレゴリーはメタローグと呼んだ。そして、成人したメアリー・キャサリンは父と同じく人類学者となり、グレゴリーの遺作にもなった『Angels Fear: Towards an Epistemology of the Sacred』（邦題：『天使のおそれ——聖なるもののエピステモロジー』、青土社）の共著者として、刊行前に亡くなった父とのメタローグを複数書いている。

ながいながも本書のなかで、娘たちとのやりとりを多く書いているが、それらが全て事実に基づいているかどうかはわからない。もしかしたら、著者が空想したメタローグも含まれているのかもしれない。（註）しかし、ここで重要なのは事実かどうかというよりは、著者が自身の意識のなかに娘たちのいきいきとした声や姿をイメージしながら、文章を書いたプロセスである。もちろん、自分の都合の良いように事実を捻じ曲げれば、家族から非難を浴びるだろう。記述する対象の自律性を尊重しながら書くという作業は、相手を自分の所有物としない倫理的な緊張感を必要とする。本書は、ますます少子高齢化が進み、子どもの住む世界が狭くなりつつある現代の社会において、「子どもを持つ」という所有的な認知から脱し、「子どもと共に生き、自らも変化する」という関係論的な認識に向かうための、ひとつの実践的な記録として参照できるとわたしは考える。それは同時に、親たちもまた「禁止されなければ何でもする人間にならない」ための処方でもあるのだと思う。

（どみにく・ちぇん　情報学研究者）

（註）２０２１年4月28日朝日新聞記事「（時代の栞）『娘の学校』　１９６９年刊・なだいなだ　新しい父親像」の記事中で、なだの長女である堀内アニック由希さん（パリ・シテ大学人文社会学部教授）への聞き取りで、「本の中で紹介されたエピソードはどれもほぼ実際にあった話」だが「直接話してくれた記憶はあまりありません」という回答が記載されている。

本書は『なだいなだ全集　八巻』（一九八二年十月二十日、弊社刊）を底本にしました。

ちくま文庫

娘《むすめ》の学校《がっこう》

二〇二三年九月十日　第一刷発行

著　者　なだいなだ（なだ・いなだ）
発行者　喜入冬子
発行所　株式会社　筑摩書房
東京都台東区蔵前二―五―三　〒一一一―八七五五
電話番号　〇三―五六八七―二六〇一（代表）
装幀者　安野光雅
印刷所　中央精版印刷株式会社
製本所　中央精版印刷株式会社

乱丁・落丁本の場合は、送料小社負担でお取り替えいたします。
本書をコピー、スキャニング等の方法により無許諾で複製することは、法令に規定された場合を除いて禁止されています。請負業者等の第三者によるデジタル化は一切認められていませんので、ご注意ください。
© RUNE HORIUCHI 2023 Printed in Japan
ISBN978-4-480-43905-5 C0195